亦
舒
作
品

# 电光幻影

亦舒

作品

47

湖南文艺出版社

博集天卷
CS-BOOKY

电光幻影

目录

电光幻影

壹·

千万不要去听难堪的话，
一定不要见难看的人。
或是做难做的事，
爱上不应爱的人。

晚上十时多，三和在书房看书，忽然听见两只狗吠。

她认得正是自己家里的金色寻回犬大富与大贵。

天色已全黑，三和拉开抽屉，取出大电筒，走到花园。

她提高声音："什么人？"

大富与大贵低哼着示意它们在花园一角。

三和走近，电筒光射过去，发觉狗已把一个人逼到篱笆角落。

三和再问："是谁？"

她愿意给他机会。

那人立刻举高双手："我不是坏人。"

三和冷冷问："夜里摸黑擅自进入民居，是好人吗？"

他伸手进衣袋。

三和吆喝："住手！"

"我只是拿名片——"

邻居听到声响出来问："有什么事？"

三和应："王先生请过来一下。"

那黑衣人一看，双腿发软，跟着邻居过来的是两只狼狗，虽然戴着口罩，但如魅影般高大，身形骇人。

八只绿油油的眼睛一动不动地盯着他。

"你是什么人？快答，否则立即报警，你到派出所解释。"

那人索性坐倒在地。

"我是幻影制作公司副导演陈大文，我来找外景地点，看到这一区小平房可爱舒适，十分合用，所以想看得仔细点，不觉一步走近，对不起，打扰你们。"

他把名片递上。

王先生老实不客气地把电筒照着他面孔细看。

强光叫他睁不开眼睛，像个被审判的犯人般。

三和见他百忙中说话还甚有条理，一层一层，像镜头进展，不禁好笑。

她说："你请回吧，下次做事，白天处理。"

那人松口气，一步步自花园走出来，踩烂若干花球。

王先生看着他离去，转头同三和说："记得，打电话过来，一个女孩子切莫独自处理这种事。"

"明白。"

王先生带着狼狗回去了。

大富与大贵跟到三和脚下。

三和蹲下："来，回屋里去，现在，只有你们陪我了。"

她关紧大门。

再拾起书，可是看不下去。

她提前休息。

第二天一早醒来，到花园查看，发觉昨夜那人瞎走，一路踏上草地，全是他足印，压倒不少花朵，三和轻轻扶正一株茉莉。

她回到屋里看电视新闻，接着喂狗，最后才吃早餐、淋浴梳洗。

一个上午几乎过去，荣三和正在放假，与前男友分手，新人尚未出现，百般无聊。

她又怕为旅行而旅行，满山走，全无目的，不知躲避什么，似被一只叫寂寞的野兽狂追，不得不死命奔跑，她情愿安宁待在家里。

世界有多大呢？去恒河与尼罗河，叫有点洁癖的她吃惊，那么肮脏！蓝色多瑙河河水到了二十一世纪，灰黄如泥浆，密西西比河与圣劳伦斯河则枯燥乏味，三和又不敢去亚马孙河。

大都会大城市都跑遍了，博物馆展品数月才换一次，她几乎有资格做导游。

但凡跑天下，需有一名情投意合的同伴，否则无甚意思；身边既然有了这么一个人，什么地方都不去，只有更加惬意。

稍后园丁前来工作，喃喃咒骂摧花人。

三和拾起那张小小名片，上面果真写着：幻影制作公司统筹陈大文。

三和捧着一杯咖啡，看着窗外，剪草机轧轧作响，一只碧绿色蚱蜢受惊跳进纱窗来，叫三和凝视。

这时天空忽然洒下一阵太阳雨，山边半道彩虹添增颜色，如此良辰美景，竟无人相伴，即使有大富大贵，也难免叫人惆怅。

三和轻轻问犬："你们说是不是？"

这时，有人按铃。

三和只得放下书本去开门。

这次，门外站着一个年轻女子。

她笑笑，客气地说："我是陈大文同事周小眉，我特来代他致歉。"

三和诧异："何用这样客气。"

"我也属于幻影制作公司，大文说起红棉路三号这一幢屋子，我来看过，他果然说得不差，百分之百适合我们新片制作。"

三和看着她。

"荣小姐是不是，我可以进来坐一会儿吗？"

三和问："你有什么话说？"

"想借府上拍摄电影。"

三和立即回答："这是住宅，不打算借作任何用途。"

她也取出名片。

"我们公司颇具名誉。"

三和答："我不会懂。"

"荣小姐干哪一行？"

"我在大学里做纳米科技研究。"

"呵，"周小眉接上去，"把宇宙容纳到芥子里。"

三和一听这句话，立刻对周小眉改观。

她轻轻说："请进来喝杯咖啡。"

周小眉一走进室内，即时"呵"的一声赞叹。

"没想到科学家也这样会打扮屋子。"

三和不禁好笑:"屋里什么也无。"

"这叫最时髦的简约主义,最怕家里搞得像杂货铺,啰啰唆唆,几千种摆设。"

好话人人爱听。

"谢谢,谢谢。"

周小眉看到三和放下的书:"噫,《弗洛伊德未能解答之谜》。"

她笑笑看着三和。

三和忍不住问那妙龄女:"那谜是什么?"

周小眉笑吟吟答:"女人到底想要什么。"

三和刮目相看,这女子不简单。

她做了一壶好咖啡待客。

三和问她:"你最想要什么?"

"想荣小姐答允把屋子借我们拍电影,为期一个月,可订合约,租金一定叫你满意为止。"

"不是这个。"

周小眉叹息:"我有职责在身,无暇去想别的。"

三和低声说:"明白。"

"你呢,荣小姐,你又最想什么,你家境良好,又有学问傍身,你有何盼望?"

三和忽然对陌生人说出心事:"我向往男欢女爱。"

"结婚?"

"不不不,不是结婚,谁要结婚。"

"啊,我明白了,那是可遇不可求的一回事呢。"

三和捧出蛋糕来。

周小眉闻香惊问:"这是什么?"

"古典巧克力蛋糕拌玫瑰覆盆子汁,你若在节食,那么,别吃晚饭。"

周小眉忍不住叉了一叉子送进嘴里,忽然觉得吃沙拉过度导致沉睡半死的味蕾全部复活,她几乎落下泪来。

三和说:"所以渴望男欢女爱,你明白那感受了吧。"

周小眉说:"荣小姐你是一个有趣的女子。"

"你也是。"

"荣小姐请把屋子借我们做实景，敝公司保证拍摄后百分之百恢复原状。"

荣三和摇摇头："有空来喝茶，无须预约。"

周小眉颓然："铁石心肠。"

三和欠欠身。

"蛋糕在何处买来？"

"自制。"

"噫，入得厨房，出得实验室。"

三和无奈："可不是，还会穿吊带裙跳探戈呢。"

周小眉听出声音中凄楚，不禁恻然："发生什么事？"

三和不想多说，只摊摊手。

周小眉站起来："荣小姐，我该走了，你若改变心意，请与我联络。"

三和把吃剩的蛋糕装盒子里交她手中。

周小眉说："如果我是男人，我会追牢你。"

三和笑笑："你不是男人。"

不速之客走了。

三和松口气，坐到安乐椅里。

她不大明白他们看中她住宅的原因。

这幢独立洋房两层高，楼下是客厅、饭厅、厨房，三和入住已经三年，从未想过要添置组合柜或大餐台，全部家具只得一张大安乐椅、一台电视、一张茶几，用得着的东西才搬进屋来。还有，没有坏，就别换。

楼上更简单：一张床，一盏灯，书桌上还有台私人电脑。

这不是简约主义，这几乎是"随时可以一走了之"。

三和笑了。

过两日，她正在后园替狗洗澡，稀客到。

漂亮的蒋阿姨来访，那样大年纪了，还穿流行的七分裤，戴墨镜，缚丝巾。

三和连忙抹干手招呼。

蒋姨嘀咕："一身狗毛，不怕敏感？"

狗向她哼哼。

"这两只大傻二傻真讨厌，你读到报上恶犬咬人新闻没有？可怕，三和，小心。"

她坐下来，喝过茶，又给三和看她双颊激光除掉雀斑后的嫩肤。

"怎么样，好些没有？"

三和一本正经地答："滑嫩如婴儿臀部。"

蒋姨十分得意。

好，正题来了："三和，我是无事不登三宝殿。"

"蒋阿姨请说。"

"三和，小弟此刻在幻影制作上班。"

三和立即明白了。

"他是新人，想立一点功，打好基础。"

说到这里，蒋阿姨取出雪白麻纱手帕，在额角印了印汗。

三和觉得再叫长辈说下去，是大不恭敬。

她按住阿姨的手："我明白了，你同小弟说，我愿意同他们谈谈。"

蒋姨松口气："谢谢你，三和，我知我不会白走。"

三和问："他们看中什么？屋里四壁萧条。"

蒋姨到门口叫："小弟，你进来一下。"

一个二十岁出头的年轻人笑嘻嘻捧着一大礼盒走进来，原来他一直在外边等消息。

三和连忙说："阿姨何必客气。"

"三和，我功德圆满先走一步，小弟，你同三和姐慢慢谈。"

这蒋小弟在南加利福尼亚大学电影系毕业，此刻做什么？

"我正学做助导。"

三和点头："大盒里装什么？"

"一盏直径两英尺的水晶灯。"

三和大惊："我生平最怕水晶灯。"

小弟笑吟吟："那么，我帮你挂在洗衣房里。"

三和笑："你们想怎么样？"

"客套话不说了，三和姐，这是草约，你请看看。"

"这间陋室有什么好？"

"山不在高，有仙则灵。"

三和觉得好笑。

"……为期一个月，租金十万，屋主可留在家中，无须搬出……"

"一队兵似的闯进来，二十四小时扰攘，我怎么生活？"

"当是大家族三代同堂住一起好了。"

"楼上共三间房，这一间不准进来，万一太吵，我搬到你家住。"

"欢迎欢迎。"

"租金加倍，支票写给宣明会。"

"是，是，三和姐，一切听你吩咐。"

三和看着他："回来才半年，就变得如此滑头，唉，生活如何？"

"很好，该行女子长相甚美，又明敏过人，没话说。"

"倦了就该找一份正经工作。"

"奇怪，在长辈眼中，写作、习画、拍戏……永远不算正经职业。"

三和又笑。

蒋小弟把水晶灯拆开，花了三十分钟，挂到洗衣房天花板上。

啪一声开亮，晶光四射，美不胜收。

可是，三和黯然想，有什么用呢，白在洗衣干衣机旁芬芳。

"三和姐，多谢帮忙，没齿难忘。"

三和点点头。

她交出钥匙。

人家也算得是三顾茅庐，可见足够诚意。

下午，周小眉拨电话来打招呼。

"通告时间会隔日递上，让你有个心理准备。"

"其实到处可以找到像舍下般房子。"

"呵不，府上绝不简单。"

"为什么？"

"府上的墙壁简直在呼喊寂寞。"

啊？

三和黯然，如此明显？抑或，电影人特别敏感？

第二天外出回家，三和看到门口停着一辆大货柜车。

邻居王先生牵着狗出来轻轻同三和说："拍电影？"

三和点点头。

"女主角是鼎鼎大名的杨世琦。"

三和微笑："你怎么知道？"

"刚刚化好妆，进屋子去了。"

"呵。"

"她穿着白衬衫卡其裤，三和，骤眼看还以为是你。"

"我哪儿有资格像明星。"

王先生说："三和，我的家也愿意借出拍戏，你有机会帮我说一声。"

三和答："一定一定。"

她走进屋里，只见里里外外都是人，但出奇地静默，没人高声说话。

一个女孩独自坐地上看书，把安乐椅当桌子。

奇怪，三和也喜欢那样看书。

只见她穿白衬衫卡其裤，王先生说得对，骤眼看确有三分像荣三和。

她身段十分纤细，约比三和小了两个码，脸容素净秀丽，五官十分精致，三和又想：我哪里有这样好看。

镜头对着她，导演低声指点她几句。

忽然她伏在沙发上动也不动。

过了一会儿，三和才知道，她哭了，不不，是她扮演的角色在哭。

三和感觉震荡，她一个人在家，极度寂寞之际，不也是这样饮泣吗？

太诡异了，三和顿觉凉意。

这像是回到家里，忽然看到孤单弱小的另一个自己正在哭泣。呵，多么可怕。

三和定定神，走进厨房，大富大贵迎上来。

原来工作人员在后园整齐地摆了一个休憩站，帐篷下有茶水档及帆布椅，小小收音机正播放一首流行曲。

男歌手泣诉般声音唱着："我手指触到你嘴唇／你会颤抖吗／请允许我照顾你一辈子……"

三和还来不及有反应，已经听到有人轻轻嘲弄说："真的吗，照顾一辈子，有那样好事？"

一听就知道是一个在这方面栽过跟头的人。

三和低头笑了。

外头有助手斟咖啡进来给她俩。

三和发觉说话的正是女主角杨世琦，站得近了，又不大相似。

人家靠面孔吃饭，五官自然有异常人，上帝制造他们之际，心情特佳，刻意用神，杨世琦是著名美女。

漂亮脸庞叫人看了开心，悦目之余只想多看几眼，就这样把他们捧成明星。

杨世琦轻轻问:"你是女主人吧?"

三和点点头。

"打扰了,先生与孩子都还没回来?"

三和笑笑:"我没有先生孩子。"

杨世琦知道造次了,可是聪敏的她立刻笑说:"同我一样。"

接着,助手叫她出去补妆,她走开了。

大富大贵跟在她身后几步,随即发觉气息不对,又呜呜转过头来,蹲到三和身边。

三和轻轻说:"别认错老板呵。"

这时又有人进来:"三和?"

原来是监制周小眉。

"我们就快收工,不妨碍你休息。"

三和有点意外:"拍戏不是夜以继日、不眠不休吗?"

周小眉笑:"那是早半个世纪之前的事,电影当艺术般干,兴之所至,快意恩仇,肆意而为。现在,每部电影是一门投资九位数字的生意，全套管理科学取出应用，实事求是，十分理智。"

"啊，故事说什么？"

周小眉只笑不答。

"可以借剧本一阅吗？"

周小眉又笑。

"没有剧本？"

"幻影所有制作都有完整剧本，只不过不便泄露内容。"

"对不起。"

"三和，我们整组人都在府上打扰，登堂入室，你不必太客气。"

这时有一个微愠的声音传来："世琦，到处找你。"

三和转过头去。

那年轻人立即发觉认错了人。

"咦，这样相似，起先我以为是世琦坐这里闲聊。"

周小眉介绍："我们的导演朱天乐。"

都是年轻人，同以前嘴角叼一支雪茄的嚣张大肚子导演颇有分别。

导演讶异："这么像。"

周小眉说："那日三和一打开门，我吓一跳。三和，现在你明白我们苦苦哀求你借出府上的主要原因了吧。"

三和谦答："衣服像，还有，发式差不多。"

导演微笑。

三和放下咖啡杯，走到客厅。

是个什么样的故事？

只见导演低声同女主角说话，嘴巴几乎碰到耳朵。

高大英俊的男主角走进来了，浓眉大眼，一表人才。

三和第一次看到他，只觉得晃眼看像一个人。

她坐在角落，灯光打不到的地方，像是一个漠不关心的旁观者，不知是谁说的，做观众最高贵，不必急于演出。

没有人注意最好。

还有，旁观者清。

整组工作人员，连导演在内，每人都有一双明亮机智的眼睛。

三年来，荣三和第一次不觉寂寞悲哀。

单是坐在角落静观众生相已是最佳消遣。

灯一熄，荣宅又变回普通住宅。

他们来得快，走得也快，一切好似没有发生过般，电光幻影，其实并不存在，不过利用人类眼睛视网膜对影像有十分之一秒的保留能力，于是，一连串的好戏上演了。

半夜，三和惊醒。

他们真来过吗？抑或，纯是幻觉？

少年时她读过一个疑心生暗魅的故事：富户辞世后家道中落，门庭冷落，可是有一个戏班，晚晚来义演，悲欢离合，尽其哀荣，演到最后一夜，班主笑着同孤儿寡妇说："随我们一起去吧。"第二天，邻居发觉全屋空无一人，杂草丛生……

清晨起来，三和神情仍带苍茫。

墙角难免有工作人员留下不小心碰撞过的斑痕，监制再三保证一定修复才走。

后园的帐篷仍在，外景车又停在前门。

王先生过来敲门："可以看拍戏吗？"

过着退休生活的他也百般无聊。

三和尚未回答，助手已经下车来说："谢绝参观。"

其他工作人员纷纷下车。

王先生不服气，乘机投诉："你们的大车子阻碍交通，还有，人来人往，嘈吵之极，半夜三更，扰人清梦。"

助手忽然取来杨世琦大头签名照片送他，他又不出声了，乖乖回屋子里去。

三和低笑。

这时，蒋小弟下车来招呼："三和姐，我们出去吃早餐。"

"后园有个茶水档。"

"我想吃烧饼油条。"

三和驶出车子来。

经过路边，看到一辆一模一样的银色奔驰吉普车。

她诧异问："这是谁的车？"

"杨世琦，她喜欢它宽大可放杂物，又安全可靠。"

原来相像的不止衣服及发型。

坐下了，小弟说："三和姐，这顿我请客。"

"又有什么事？"

"妈妈恳求我转行，修个硕士头衔教书。"

"你自己想清楚呀。"

"三和姐，你说呢？"

"我认为人只要快乐过几年，不枉此生。"

小弟忽然问："你同易泰哥在一起时可快乐？"

三和一怔，缓缓垂头，原来亲友间全知道这件事，她还以为自己十分低调。她静默片刻才说："多事。"

小弟有点后悔，故此把话题转回自己身上："妈说玩足一年也应满意。"

"那么，回加利福尼亚读书。"

"我想换一个比较阴凉的城市。"

"伦敦吧，最凉快，要不，魁北克，冰天雪地。"

"三和姐开始揶揄我。"

三和微笑："你有什么好担心的，你去何处都有父母撑腰，家里在世界各地都有房子车子，你是个快乐人。"

小弟一想，确是这样："那么，过了年再说吧。"

他们驾车回去。

门口聚集了一群看热闹的影迷，他们三三两两流连，幽静街道变成小圩。

邻居一定又会投诉。

助手给三和一块名牌，叮嘱："请荣小姐进出挂胸前。"

三和一看，牌子上写着"屋主"二字，还附着她一帧小照。

照片在什么时候拍摄？真是神秘。

三和发觉屋里每个人都挂着名牌，组织严密，真是好事。

她想直接走楼梯回楼上寝室休息。

已经走到一半，终究忍不住，回头看去。

她又一次被深深吸引，不由得在梯间缓缓蹲下，索性坐在梯级上，居高临下看拍戏。

心里犹自说：这是一个别人的故事，毫不相干，为什么要费神关心？

但是她身体却不听使唤，凝神看着楼下客厅里剧情发展。

这好叫剧情吗？

只见男主角静静站在窗前不动，然后缓缓转过头来，走到安乐椅旁，轻轻坐下，翻阅杂志，又拿起一个苹果咬一口，嫌酸，皱眉头，放下。

但是荣三和却看懂了。

她的额角抵着栏杆，内心震惊。

至今她时时还似看到易泰在这间屋子出入，高大的他特地选了这张足够二人坐的安乐椅，他等她更衣外出之际也是如此这般又坐又立，又吃水果。

他们怎么会知道这些细节。

三和紧张，像是密室柜门忽然被打开，里边秘藏的骷髅骨全部滚出来。

他们怎会知道？

有人轻轻坐到她身边。

有人轻轻说："他走了，她还是那样怀念他，一抬起眼就看见他的影子。"

三和转头，发觉是女主角杨世琦，她穿着与三和一模一样的黑色毛巾运动衣，与三和肩贴肩，一起蹲在梯间往下看去。

三和像看到自己的影子般。

有人借我的屋子拍戏，我发觉他们在演绎我的故事，女主角又长得与我极之相似。

人家会笑：你倒是想。

三和不敢吭声。

杨世琦轻轻说下去："她不能忘记他，真苦恼，你有试过那样流泪的感情吗？"

三和沉默，她已泪盈于睫。

"你觉得男主角怎样？星维的演技已经大跃进，去年，他所有演出，还是做他自己。"

三和低声答："他演技很自然。"

杨世琦微笑："你认识他吗？我给你们介绍。"

这时，助手上来："世琦，轮到你。"

杨世琦下去了。

三和像个孩子那样，双手攀紧楼梯栏杆，往下张望。

她内心凄酸。

还以为事情渐渐过去了，没想到情绪仍然如此脆弱。

何止不堪一击，简直任何风吹草动都叫她颤抖。

今日看够了。

三和刚想站起，又有人在她身边坐下。

"屋主，"他说着不由得笑了，"屋主回自己家也要挂身份证？"

三和看着他："你是王星维。"

"对，世琦说你怪寂寞地坐楼梯上，叫我陪你聊几句。"

"我还好。"

"三和，你有一间背山面海的美丽好屋子，是嫁妆吗？"

三和点点头。

"你父母一定深爱你。"

"他们好像爱自己更多，离婚后又各自结婚去了。"

英俊的王星维不禁微笑："你已成年，不应抱怨。"

三和有点诧异，她同普通人一般先入为主，老是觉得演员泰半只具外表，欠缺内涵。

但是杨世琦与王星维都反常地聪明。

他仍在看那面牌子："照片中的你多么像世琦。"

"不敢当。"

"世琦明媚，你比较清丽，一般高挑瘦削。"

三和微笑。

他坐得很近，语气亲昵，仿佛像接到剧本，立即需熟练演出。

他对三和像好朋友般。

"今日是副导演小刘三十岁生日，收工一起去吃火锅，屋主也一起来吧。"

三和想想，摇头。

不，她不要跟他们走。

她有她的世界，不可混淆。

跟他们走，走到迷离境界，再也不能回头。

这时三和忽然听到一阵哭泣声。

原来戏中女角掩脸痛哭。

"啊，"三和轻轻说，"她老是哭。"

王星维在一旁说："也不，他们曾经拥有快乐时刻，只不过在屋子以外的地方发生，电影并非按时间顺序拍摄，我们叫跳拍。"

"他们也笑？"

"是，过两天你会看到世琦欢笑。"

"你呢？"

"她笑，我当然也跟着笑。"

"后来呢？"

"后来——你看下去会猜得到。"

"是个悲剧吗？"

英俊的他说得很有哲理："感情生活中失望难免，时间冲淡一切，伤痕磨灭，又忙别的去了。"

"会完全忘怀？"

"为着生存，必须如此，然后，也许到了中老年，往事又会慢慢泛上心头。"

三和点头："与你说话很有意思。"

助手又上来叫："星维，到你。"

他走了。

三和站起来，回到卧室。

睡房连着小小书房，三和走到私人电脑前，犹豫片刻，索取资料。

她的私人照相簿在屏幕上出现。

她又按入"泰"字，一张照片冒出来，正是易泰站在窗前，背对着门口，一手撑着窗框，双眼看着海景。

三和发呆，那高大背影对她来说，再熟悉没有。

半晌，她按下"删除"字样。

电脑屏幕打出字样问她："确认删除？"

上次，三和就是因为这样，把照片留了下来。

这次她已没有犹豫，坚持删除。

电脑告诉她："正在删除中。"

一秒钟之后，字样打出："删除完毕。"

三和松一口气，伏在桌子上。

就这样，一切剔除，全无影迹。

忘却也需要勇气。

三和背脊出了一层汗。

她想去淋浴，走进睡房，却发觉床上躺着一个人。

走近一看，是一个年轻女子，胸前挂一块牌子写着编剧苏冬虹。

三和原本想叫人上来把她带走，心念一转，唉，反正共处一屋，又何必划出一室，作为禁区，四海之内皆兄弟也，她自己也有累到极点的时候。

于是三和任由女子憩睡。

她坐在大藤椅里看书。

忽然听见有人跳起来："对不起，对不起。"

三和笑笑，斟一杯咖啡给她。

三和背光，女子没看清楚，竟脱口问："世琦？"

"不，我是屋主。"

"荣小姐？哎哟你好像世琦，唉，我不行了，头晕眼花，筋疲力尽，像死人一般。"

"编剧也需驻守现场？"

"是我自愿前来学习，昨夜写到凌晨，今日撑不住，见整间屋子只得一张床，我不顾一切倒下，请你原谅。”

三和轻轻嗯一声。

编剧拍拍身子，想离开卧室。

三和把握机会问："故事说什么？"

"你指电影故事？"

三和点点头。

"是一则爱情浪漫喜剧。"

"喜剧？"女主角整天哭，反而会是喜剧？

编剧安慰地微笑："是，他们后来都找到了更好的人。"

"但是她一直流泪。"

"女子与泪水有不可分割的关系：无论伤心、欢欣、痛楚、惊惶、失望，她们都哭，还有，春季患花粉热也泪汪汪。"

三和诧异，这一整组工作人员每人都能说会道，有纹有路，是谈话高手。

她说："听君一席话，胜读十年书。"

编剧又坐下来："听说你会做极之美味的巧克力蛋糕。"

"来，跟我到厨房。"

苏冬虹立刻跟她下楼去。

三和打开冰箱，取出新制蛋糕。

"哗。"

厨房门口忽然围了五六名女子。

"请进来，每人都有。"

三和捧着刀叉碟子。

众女嘀咕："呵，吃多大一块就会长多大一块肥膏。"

三和没好气："死就死吧。"

大家附和："真的，吃死算了。"一拥而上。

忽然有人说："我是女主角，我那份大些。"原来杨世琦到了。

三和忍不住笑，女主角自有气焰。

她切下几乎四分之一个蛋糕给世琦，浇上奶油。

大家叫起来："这是谋杀。"

厨房顿时化为俱乐部。

只见导演进来问："发生什么事？"一眼看到世琦捧着碟子，"不可以吃，你若增磅，不能连戏"。

世琦一听，不顾一切用手抓起蛋糕像饥民那样大把塞入嘴里，狼吞虎咽。

三和看得呆了。

导演过去喝道："世琦，任性！"

杨世琦突然哭了，一边哭一边不停吃，三和怕她呛着，过去拍她脊背，她却又笑起来，把碟子上蛋糕吃光光，还伸出舌头去舔碟底。

众人笑得蹲下。

杨世琦脸颊上全是奶油与巧克力。

她放下碟子，走近导演，把一双脏手在他胸前擦干净，然后施施然走出厨房。

三和看得呆了。

导演瞪着眼："还不出去归位？"

工作人员噤声离开厨房。

三和退后一步，以为他会骂她，她是罪魁祸首。

可是他坐下，老实不客气切出蛋糕往嘴里送。

他们都那样饿，为什么？

据说心底有欲望的人都特别饥渴，所以想一件事想得疯狂叫渴望。

他们想得到什么？

是名同利吧。

吃完了，导演用纸巾抹净衬衫和双手，三和给他一杯香浓檀岛咖啡。

他赞道："私房下午茶就是与合作社不一样。"

跟着他若无其事地出去指挥全场。

三和笑得直不起腰。

忽然，她摸摸自己面孔，笑，你在笑？你笑了？

脸颊肌肉有点酸软，她坐倒在厨房，呵，又会笑了，可见没有什么大不了的事。

38

三和讽刺地想：对不起，死不去。

这时苏冬虹进来，看也不看三和，把剩余蛋糕捧了就走。

人要自得其乐，一个自制蛋糕都可以玩整个下午。

蛋糕真有那么好吃？当然不，无可能，可是，及时行乐，上天给你什么，就享受什么。千万不要去听难堪的话，一定不要见难看的人。

或是做难做的事，爱上不应爱的人。

三和有顿悟，不自觉落泪。

是这个戏班子，教会荣三和人生哲理。

他们年纪与三和差不多，可是智慧胜她百倍。

"刚才那幕有没有吓着你？"

三和答："怎么会。"

她抬起头，这时才吓一跳。

来人是一个亮丽女子，大眼睛，长鬈发，似个混血儿，身段尤其骄人，穿着大衬衫衬得更加诱惑。

三和定定神，人有相似，莫怕莫怕。

"我叫何展云，第二女主角，我是情敌，真是一个吃力不讨好的角色。"

她眨眨眼。

"我刚刚到，先来拜地主，这是你的家？好漂亮，我此刻还租人家房子，房东极之啰唆，"她十分爽朗，"有日我也做屋主就好了。"

"一定会。"

"第二女主角，"她叹口气，"陪衬角色，也只得做了再算，把握机会嘛，你说是不是，等第一女主角病了，或是死了，才伺机而上。"

她咕咕咕笑起来，却又全无恶意。

三和发呆，真的，现今世界，推倒别人，损人利己，已是理所当然的事，大可清心直说，不必隐瞒。

女郎边说边笑，长鬈发晃动，堪称活色生香。

这个第三者像极了三和真实生活中的第三者。

她也是这般活泼生动，无话不说，未语先笑，是这样讨得易泰欢心吗？

只听得第三者说："你有心事。"

三和只得点点头，重新做一壶咖啡。

"年轻、漂亮，生活又好，如有心事，一定与男友有关。"

三和想一想："可否向你请教？"

"什么事？"她用手撑着头。

"男人喜欢什么？"

这个叫何展云的女郎笑了："呜，大题目，幸亏我是专家，难不倒我。"

三和盼望答案。

何展云找到一小瓶白兰地，斟些许到咖啡杯里，顿时奇香扑鼻，她缓缓喝尽一杯，吁出一口气。

终于开启金口，缓缓说："他若爱你呢，不论条件，仍然爱你；他不爱你呢，你再美再慧，他仍然不理。我们时时惊讶朋友怎会同那样一个人在一起！就是这个道理。"

三和听了这一席话，像醍醐灌顶，张大了嘴，只觉微微一阵麻痹，自背脊传到足趾。

她完全明白了。

三和不住点头，原来如此。

他不再爱她，说什么都不管用。

三和低下头笑了。

这时助手来唤何展云。

她笑说："展云一向疯疯癫癫，你别理她。"

展云连忙拍打着她，两个人一起出去了。

这时大富大贵围着三和要求外出散步。

三和帮它们扣上皮带。

在门外遇见王先生。

他向三和招呼："我只要求一张合照。"

三和轻轻笑："真的那么重要?"

他点点头："我一直在家，一个电话我就出来。"

三和说："我试试。"

"感激不尽。"

三和与两只狗缓步跑，天忽然下雨了，一边跑一边踢起泥泞，渐渐浑身湿透，三和靠在一棵树下喘气。

他不再爱她，道理就那么简单，何必钻进牛角尖去苦苦研究。

为什么不再爱她？

呵，三和自问自答：缘分已尽。

这时忽然强光一闪，只见一道闪电，自左至右划过整个天空。

三和仰头观看，忽然有人用力把她拉离树干。

这时他们才听见轰隆隆雷声传来。

那人呼喝三和："雷雨中怎可站大树下？不知危险！"

对，小学六年级已学过遇雷需站在空地上才安全。

那人穿戴黄色塑料雨衣雨帽，牵着只大丹狗："快回家去。"

他也同狗出来跑步。

三和连忙奔回家。

一个雷接着另一个雷，电光霍霍，像是天兵天将四处搜索不忠不孝之徒交雷公处罚。

工作人员已在荣宅门里门外铺上防湿垫，众人进屋必须脱鞋，换上纸鞋套。

三和心中暗赞：这样周到！不禁对该行业完全改观。

室内一片静寂，三个主角正在预演。

这是一出很奇怪的戏，几乎没有对白，许多内心表现，三个角色都似有苦说不出，全无欣喜表情，但据编剧说，它却是个浪漫喜剧。

只见导演把三人布置成三角，杨世琦坐在唯一的安乐椅上，伸长手臂，抓着男主角王星维的衣角，但他的手，却搭在何展云那第三者的肩上，而她却狐疑地看着杨世琦。

这三人尴尬关系何等熟悉，三和不忍继续看下去，她到厨房擦干两只狗之后上楼更衣。

这时才发觉已淋得像落汤鸡一样。

三和衣柜里全是黑色或深蓝色运动衣裤，吃睡玩全是它们，十分方便。

可是，这个下雨天她却问自己：这样疏于装扮是因放弃吧？

但是她再也不想鼓起勇气化妆穿衣。

场记来敲门："荣小姐，世琦说今晚她请吃龙虾，叫来大师傅在后园烧烤，嘱你出席。"

三和开了房门："我……"

"荣小姐你总得吃饭，来，加入我们。"

他们都热情好客，三和平白结识这大班朋友，在这段情绪大不稳定的时间内，何其幸运。

三和说："下雨呢。"

"不怕，有大帐篷。"

一到楼下，已闻到香味。

烤龙虾最简单，烤熟即可上碟，伴蔬菜水果牛油酱，他们已经吃得不亦乐乎。

世琦叫她："三和，这边。"

三和坐到她旁边，她给三和一大只龙虾："我帮你剥。"手势熟练，一拗，嫩白虾肉即露，入口香甜。

三和发觉世琦与第二女主角不瞅不睬，连眼神都不接触，直当对方透明。

三和不禁心中纳罕。

世琦轻轻说："她专门等我死。"

三和忍不住笑："你健全，她一样可以做主角。"

"可是她咬住的是我这个人挡她财路。"

"这叫假想敌。"

杨世琦说："是怎样缠上这种人，莫名其妙。"

"这是你的殊荣，若不是你身份地位令人妒羡，怎会有人一直想替代你的位置？"

世琦笑了，斟一杯白酒给三和。

三和又补一句："你知道她想要你死，也就没有危险。"

世琦讶异："三和，你真看得开，我要多多学习你的涵养功夫。"

"不敢当，我想向你们请教才真。"

这时有人唤她。

三和抬头，发觉是何展云。

她已脱下大衬衫，只剩一件小背心，那身段之好看，叫女性都忍不住注目。

她走近三和："世琦说我坏话？"

"没有的事。"

"你们都偏爱她，告诉你，杨世琦有极之阴暗的一面。"

三和看着她，笑笑："现在是你说她坏话了。"

展云连忙赔笑："对对，闲谈莫说人非，我们谈别的题目，你怎么看这一行业？"

三和想一想："华丽、绚烂、热闹，可是，仿佛崇拜青春，看，在这屋子里进出的工作人员平均年龄也许只得二十六岁，可需狠狠抓住好时光。"

展云黯然："你说得真好。"

三和忽然想起邻居王先生所嘱，见所有人都齐集后园，便拨电话给他。

王先生立刻过来。

三和用数码照相机替他拍了好些合照。

王先生笑不拢嘴，不住道谢。

龙虾会很快就散了。

## 贰·

奇怪吧，一对年轻男女，

本来各走各路，偶遇、邂逅、爱恋，

总有一方认为这次总可以终生相守了吧，

但不，发生了一些事，

他们分手，又再次成为陌路人。

第二天三和印出照片，给王先生送去。

王先生再一次道谢，他指着何展云说："杨世琦多漂亮。"

他并非影迷，三和奇问："谁要这些照片？"

王先生颓然："三和你真聪敏，什么都瞒不过你法眼。我儿媳妇及三个孙女许久没来探访，一日我在电话中无意说起邻居家正拍摄电影，她们的兴致来了，隔日打听详情，我受宠若惊……"

可怜的老人。

"大孙女喜欢王星维，他真的十分英俊，好看得不像真人。你呢，三和，你喜欢谁？"

三和打趣说："我喜欢你，王先生。"

王先生呵呵笑。

"王先生，记住，这些照片只供你私人用。"

"我明白，三和。"

第二天，三和照样一早起来带狗出去跑步。

她跑到那棵大树下，看向天空，然后四处找那只大
丹狗，只是不见影踪，她又跑回家去。

三和气喘吁吁。

老了，她想，从前可以无穷无止跑下去，现在一英
里路已经双腿酸软。

大富大贵绕着她汪汪叫。

她对它们说："看谁最快到家，一二三，跑。"

然后一人二犬拔足狂奔。

到达家门，三和咚一声坐倒在地。

有人说："三和，你回来了，真好，等你呢。"

一抬头，原来是好看得不像真人的王星维。

"找我？"三和指自己胸口。

"可不就是找你，世琦与展云闹僵，各不相让，躲到楼上，不愿开工，只有你才能劝得她们回心转意。"

"我？我同她们不熟。"

"就因为不熟，她们才会听一两句，她俩各持己见，连导演都不理。"

"是怎么一回事？"三和好奇。

"有两件戏服，原本一人一件，可是世琦与展云忽然觉得对方那袭优胜多多，都怪导演偏心，不肯化装更衣，导演也跳脚，说不换衣服就换人。"

三和张大了嘴："为着一件衣服？"

王星维笑了："二人一向有心病。"

三和说："各觉对方那件好，交换穿上，不就行了。"

"三和，你的世界清淡天和，她俩身段大不一样，衣不贴身。"

"啊，那倒是真的。"

"去劝几句。"

"若不见效呢？"

"只得换人了。"

三和问助导："她们在哪里？"

"在楼上客房。"

三和想一想："我先去找世琦。"

她推门进去，只见世琦盘腿在房间当中打坐。

一见三和，双眼通红。

"大不了去读大学。"

三和笑："呵，无聊才读书。"

接着转头问："那件衣服在哪里？"

服装师拎着件晚装出来："这里。"

三和一看，呆住了。

那是一件深蓝色网纱蓬裙，紧腰身，裙裾上钉满星状亮片，乍看，整条裙子似一片星夜。

三和忘记劝慰。

她脱口说："我一直想要件这样仙子般裙子，可否让我试穿一偿所愿？"

服装师笑："荣小姐与世琦身段相仿。"

三和不顾三七二十一，立刻脱下运动衣试穿，服装师搬来一面穿衣镜，大家一看，赞好。

纱衣配上白皙皮肤，清丽无比。

三和问："鞋子呢？"

这时，世琦面色已经柔和，过来细细打量。

服装师取来两双鞋子，一双细跟鞋，另一双芭蕾舞圆头缚带鞋。

三和穿上舞鞋，在镜子里看向世琦。

她轻轻问："世琦，这件衣服在何处定制？我也想要一件呢。"

世琦缓缓把玩裙裾："我只穿这一场戏，你不介意，拍完戏送你。"

"太好了，谢谢你。"

世琦忽然拥抱三和："不，谢谢你才真。"

三和亦笑。

她朝服装师抛一个眼色，脱下衣服鞋子，穿回运动衣，又去看展云。

推开房门，她问："怎么了？"

展云怒道："大不了嫁人。"

"啊，"三和笑，"无聊才嫁人，谁是那不幸的男人？"

展云气呼呼："什么都欺负我。"忽然落泪，"真正受够，我不干了。"

三和劝说："你不叫人受气就好，谁还敢叫你受气。"

"你看，叫我穿这样俗气衣裳。"

一件晚服挂在门框上，三和一看，哗的一声。

只见肉色网纱钉亮片，衣服虽有夹里，但做得极贴，看上去似有还无，好不诱惑，穿上亮片几乎像粘在皮肤上。

三和说："展云，穿来看看。"

"你拿去穿好了。"展云赌气。

"我真想试，只怕胸前多出十英寸布料。"

"啐，"展云破涕为笑，"我又不是乳牛。"

三和惊叹："谁设计这些衣服，通通薄如蝉翼，像第二层皮肤似的，这是场什么戏，为什么两个女角都穿得如此性感？"

服装师答："是摊牌戏。"

"呵，他挑了谁？"

"我没看剧本。"

三和看着展云，黯然问："他挑了你吧？"

展云："我不知道，剧本在导演处，且不给我们看，免得我们早知答案，演得老皮老肉。"

"我猜想你胜利，不然不会赏你穿这件衣裳。"

展云沉默，稍后，她吁出一口气，同助导说："告诉导演，我十五分钟后下去。"

三和赖着不走："我要先睹为快。"

展云先由化妆师在手臂背脊扑粉，然后轻轻套上那条小小蝉翼裙。

那样小那样窄，眼看穿不下，可是偏偏刚好，多一分嫌阔，少一分嫌窄。

三和叹为观止。

展云自嘲："我最大的本事，是把自身挤进狭小的衣裳里。"

三和肯定地说："拍完这场戏，你就指日飞升了。"

"飞往何处？"

三和答："最高枝头。"

展云笑了，拥抱三和，吻她脸颊："三和，真高兴认识你。"

三和点点头，人家开心，她也开心。

两个女角回到楼下，工作人员大力鼓掌。

朱导演走近，对三和说："荣小姐是个天才仲裁员，每部戏都需要聘请这样人才，保证拍摄进度，避免资本损失。"

三和静静回楼上，只见服装师把穿衣镜搬出来。

"荣小姐，谢谢你。"

三和低着头笑："不客气。"

"你若真喜欢那两件衣服，这是设计师名片。"

三和寂寥地接过名片。

她下去了。

三和回到房里，倒在床上。

不不不，她不想穿不想吃，她只希望好好睡一觉，睡醒时，易泰已回到她身旁。她靠床上，觉得出奇地累，不觉睡着。

忽然看见易泰站在床前，她去拉他的手："唉，我做了一个梦，梦中你离开了我，真可怕，孑然一人，又得重新出来交际，苦不堪言。"

易泰也笑。

三和蓦然惊醒。

她长长吁出一口气，抹去额上冷汗，走到梯间。

只见那边已经完工，女主角懒洋洋坐地上，化浓妆的她们像洋娃娃。

不一会儿，她们到外边货柜车卸妆更衣，大厅只剩导演与编剧。

朱导演与苏冬虹低声谈话。

三和无意旁听，但这是她的家，避无可避。

只听得苏冬虹犹豫："这时加插这样一个人物，已经太迟，本子需要重写。"

"公司可以付重写费用。"

"裁缝最怕改衣服。"

"你是编剧。"导演提醒她。

"改比写更困难。"

"我明白，我自己也写剧本。"

编剧说："你的意思是——添加一个成熟了的杨世琦，若干年后，在暗地出现，静静看着过去自己的爱情故事发展，可是这样？"

"对。"

"这时空交错连编剧都觉糊涂，观众又怎会明白？"

"别担心观众，一位写作人同我说过：千万别低估读者水准，你有好的作品，尽管拿出来。"

"天乐，我觉得你钻牛角尖，本子已改到第七次，筋疲力尽，还是要改，也许上一部戏的成功带来许多压力，令你无所适从。"

朱导演微愠:"冬虹,我需要编剧,不是心理辅导。"

这时三和咳嗽一声,走下楼去。

朱天乐看见是她:"三和,你来得正好。"

他对苏冬虹说:"有什么难懂呢,添加的角色就似三和,在屋里游走,检讨过去爱情得失。"

苏冬虹摇摇头:"我已油尽灯枯,我累得直想自杀,我不能再做,我请辞。"

大厅里一片死寂。

苏冬虹憔悴的脸上有一双大眼袋,她瘦削的背脊佝偻,谁都相信她确已尽力。

半晌,朱天乐说:"再做一次,冬虹,不痛不痒,焉能感动观众。"

"不。"

三和轻轻说:"此刻累了,回去好好睡一觉,再做决定。"

苏冬虹一声不响地走了。

三和转过头来,看见朱天乐一个人站在灯光下,十分孤苦。

三和不由得轻轻哼一首歌："他是乐队的班主……他是一个寂寞的人……"

朱天乐一震。

三和对他笑笑。

他说："我决定加这个角色是因为你的缘故。"

三和答："我知道。"

"你无声出没在这个空间、这所屋子，给我极大启示。"

三和微笑："这是我的家。"

"假设你已经结了婚，有一子一女，表面生活愉快，一个暑假，丈夫带孩子去美国探亲，你一人在家，忽然之间，你看到往日在这间屋子里上演的一段感情，你是其中一个女主角，你看到自己的彷徨、痛苦，你陷入回忆，你发觉原来深爱的是——"

"下一部戏吧。"

朱天乐说："不，必须是这一部。"

"戏已开拍。"

"剧本可以改。"

"等冬虹明朝回来看她意思如何吧。"

"她一定会回心转意。"

三和忽然笑了。

"三和，你在这间屋里，高高在上看下来，犹似无所不知的天使，告诉我，你为什么笑。"

"冬虹已经很累。"

"我们是好拍档，我会鼓励她。"

电话铃响了。

三和丢下一句："除非你向冬虹求婚吧。"

她跑上楼去听电话。

电话由母亲打来，她早十年已做了邓太太，此刻住在旧金山。

"三和你近况如何？"

"很好，不劳挂心。"

"你父亲可有同你联络？"

"上月三号通过电话，他在北京。"

话题到这里仿佛已到了尽头，三和连忙找新题材："我最近买了一本斯蒂芬·霍金的《宇宙论》。"

"看得懂吗？"

"放在咖啡桌上立刻蓬荜生辉。"

母女都笑了。

三和在笑声中说："有人约我打球，我要出门了，再见。"

双方愉快地挂上电话。

三和收敛所有表情，静静坐一旁。

片刻她下楼，发觉连导演都已经离开。

后园有人清理流动卫生间。

三和叫大富大贵出去散步。

这两只狗的名字是易泰所取，当时他问她："叫良辰美景呢，还是叫大富大贵？"

三和记得她笑得弯腰："不，叫花好月圆。"

"也很实际。"

人们憧憬的境界，放在嘴里天天念着，盼望有日实现。

两只狗由易泰朋友所送，那一家人移民，新生小犬不得不找新主人。

易泰放在三和处寄养，因为她家有花园，分手之后，他取走所有东西，却不提双犬。

连大富大贵都不要了。

他离开之后，狗虽然不会说话，但盼望怀念之情尽露：门铃一响，它们自动跑去欢迎，以为是易泰来了。看到客房有灯光，急急吠着进去，又觉得是易泰在那里。一年之后，渐渐死心，知道那个年轻男人不会再来。

不过大门一开，它俩仍然立刻竖起耳朵，探头探脑。

三和至今已完全与易泰失去联络。

奇怪吧，一对年轻男女，本来各走各路，偶遇、邂逅、爱恋，总有一方认为这次总可以终生相守了吧，但不，发生了一些事，他们分手，再次成为陌路人。

这个过程中，荣三和不知死掉多少细胞，蜕掉几层皮，最坏的时刻，她不想起床面对新的一天。

这时，她走近那棵大树，三和像是看到一个人与一只狗。

她扬声："请留步。"

那人转过头来，却是个十多岁的少年。

三和一怔："对不起，认错人了。"

少年笑笑："没关系，你是三号荣宅的吧，听说你家里拍戏。"

呵，整条街都知道了，原来好事也会出门。

三和点点头。

她在路边长凳坐下，少年牵着大丹狗坐她身边。

"为什么养那么大的狗？"

少年答得有趣："开始不那么大。"

三和记得上次大雷雨中所见的狗是棕色的，这只深灰。

少年问："听说杨世琦每天在你家进出。"

三和又点头。

"我是她影迷，我房里到处是她照片，她有一张汽水广告海报，我千方百计在网上寻获，是我至宝，想找她签名。"

三和微笑，不出声。

少年鼓起勇气："可以代办吗？"

三和不置可否。

"她真人是否与照片一般好看？"

"有过之而无不及。"

"传说她将嫁给王星维，可是真事？"

三和讶异："我不是影迷，我不知此事。"

少年叹息。

"你念几年级？"

"高一。"

"成绩如何？"

"中等，一两个甲，一两个乙，中文与数学都是丙。"

"那可怎么考大学？"

少年笑："你的口气似足我爸妈。"

"有无找人补习？此刻急起直追还来得及。"

少年又笑，牙齿整齐雪白，一看就知道刚除下牙箍，父母已在牙医处掷下好几万元。

他答："再进一步，需下许多苦功，我不打算死捱。家父做印刷业，生意不错，薄有积蓄。我自小住这间屋子，坐那辆车，我是独子，将来这些都是我的，与成绩单上甲乙丙无甚关系，何必吃苦。"

三和瞪大眼睛，原来是哲学家，失敬失敬。

"可以劳驾你问杨世琦取一个签名吗？"

"不。"

"小气。"

"签名也是人家的资产，我不能因利乘便每天叫人签千百个大名拿出手上图利。"

少年点头："你说得也有道理。"

"你不如亲自拿着海报到门口要求签名。"

少年展露笑容："对，对。"

"杨世琦比你大得多。"三和提醒他。

"不，她只有十九岁。"

三和吃惊，才得那一点点大？却已经成熟老练，甚至有点沧桑，哗，山中方三日，世上已千年。

少年问："我明天早上十点钟到三号来可合适？"

"你试试看。"

少年拉着狗走了。

回到私家路，王先生迎出来。

"三和，我帮你洗狗。"

"怎么好意思。"

"应当效劳，告诉你一个好消息，我三个孙女会来小住。"他笑得合不拢嘴。

三和明白了："来看明星。"

"你猜得对，我把照片电传给她们看，她们决定亲自来一趟。三和，我有伴儿了。"

三和提醒他："她们打算住多久？"

"两三天也好呀。"

三和吁出一口气。

真没想到一组外景队会影响这里许多人的生活。

"来，三和，把大富大贵交给我。"

三和独自开门回家。

屋里静寂，戏班子回家了，明日再来。

三和想同那少年说：他们也像普通人一样，心中充满喜怒哀乐恨怨憎，可是又怕少年不相信，少年把偶像抬至神明那样地位，诚心膜拜。

第二天一早三和下楼来，只见场记一个人在写笔记。

三和脱口问："人呢？"

场记笑着称呼："荣小姐你早，改了通告，休息半日，大伙都在家睡懒觉呢。"

"呵。"

"朱导演与苏编剧两个人告假去注册处定日子结婚呢。"

什么？

三和眼睛睁得滚圆。

"听说是今日凌晨决定的，六点半才通知我，我连忙恭贺他们，接着知会各人。"

三和半晌才说："哦，那多好。"

场记笑："荣小姐不必担心,他们两个都是成年人。"

"当然,当然。"

"他们下午自然会逐一报到。"

三和说："厨房里有咖啡、红茶、三明治。"

"谢谢荣小姐。"

啊,编与导结婚了,现在导演的本子改到第一百次都不妨。"除非你向她求婚"不过是一句戏语,没想到有人真的求婚成功。

希望编与导不会以为这也是一场戏中戏。

"三和。"

三和抬头,看到杨世琦站门口,她好不意外。

"你怎么来了?"

世琦无奈："贱骨头,睡不着,无处可去,又折返现场。"

"全市闻名的美人无处可去?"三和骇笑。

"三和,你像其他人一般以为我们有魔法吧:身边有大堆男伴,呼之即来,挥之即去。"

"不是吗？"

世琦笑了。

她不施脂粉，头发蓬松，穿件旧山羊绒毛衣，像所有山羊绒毛衣一样，总有识货的蛀虫跑来咬洞，可是她穿着穿孔的毛衣及烂牛仔裤也十分好看。

她斟了一杯咖啡捧着喝。

"导演告假去择期结婚。"

三和答："我听说了。"

世琦说："这苏冬虹得偿所愿。"

三和扬起一道眉毛。

"冬虹一直喜欢朱天乐，跟着他五年，几乎天长地久，写了十多个本子，三次获奖，谁都知道做出这种成绩是因为爱，天乐只是佯装不知，误人青春。这回好了，像读小说的人得到结局。"

三和明白了。

她又担心："他爱她吗？"

世琦看着三和："三和你真有趣，爱与不爱，一段婚姻的寿命，都不过是三两年光景。"

"不不，许多人白头偕老。"

"三和，那是因为他们不愿意离婚。"

杨世琦的理论惊人通透，叫三和戚戚。

忽然门外有人声，护卫员尚未上班，场记去看个究竟，半晌回来报告。

"世琦，门外有影迷要求签名。"

三和知道是那少年来碰运气。

但是杨世琦回答："我不签名。"

"世琦，他手中拿着一张海报，是你七年前为同乐汽水拍的广告，十分有趣。"

"穿泳衣那张？"连事主都表示讶异。

"没想到还在市面流通。"

"请他进来。"

少年愉快地走进来，趁人不觉，朝三和眨眨眼。

忽然之间他看到了秀丽的杨世琦，他的偶像就站在不远之处，他膝头都软了，不敢走近，遭雷殛般瞪大双眼。

世琦伸手招呼他："小弟，这边。"

海报摊开来。可不就是杨世琦穿着泳衣稚气地坐在沙滩上伴着一只大汽水瓶对牢观众娇笑。

照片拍得比较笨拙，但是世琦当年活生生的青春弥补一切，她亮丽可爱，广告颇有效果。

世琦笑问："这张海报你从何处得来？"

少年还在发呆。

三和提醒他："问你呢。"

"eBay 拍卖回来，一千美元。"

"我给你两千。"

少年连忙答："不不，我绝对不卖。"

世琦微笑："那么，我替你签名吧。"

少年大喜，取出笔交到世琦手上，他带着照相机，又拍下她签名时状况，更与她合照。

功德圆满，世琦说："我累了，想休息一会儿。"

三和送少年出去。

她问："可是值得纪念的一天？"

出乎意料，少年露出惋惜的表情来："杨世琦老了许多。"

什么？

"你说得对，她不止十九岁了，汽水广告中的她最可爱，这张海报更加难能可贵。"

他走了。

三和啼笑皆非，做他们的偶像原来不容易，这些小孩要求苛刻。

掩上门，三和回到楼上，只见世琦和衣躺在她床上打哈欠，少年不懂事，这时的杨世琦才最美。

她说："你在看这书？《莎士比亚与环球剧场》。"

三和微笑："你休息一会儿。"

世琦说："莎士比亚堪称戏王之王。"

"是，他是。"

"三和你好学问，"她打一个哈欠，"你的大床真正舒服，你一定花很多时间在床上。"

她蜷缩着，选择一个最舒服的姿势，用枕头蒙住头，不再出声。

三和替她掩上门。

她回到楼下，发觉一瘦削女子坐书房里，那正是苏冬虹。

"咦，你怎么在这里？"

她转过头来："借你的电脑用一用。"

她已经开始工作。

三和走近，发觉屏幕上打出"第一场"字样，一个剧本写七次，必然是为着爱。

三和到厨房沏了一杯浓茶给她。

"三和，可否借你书房用十天八天？"

"你当是自己家里好了。"

她称赞说："三和你真是一个慷慨的人。"

三和感慨地答："自从你们来到舍下，蓬荜生辉，我也变成一个十全十美的人。"

苏冬虹说："府上有奇异力量——我与天乐订婚了。"

三和答："佳偶天成。"

冬虹轻轻说："结一次婚也好，以免写起爱恋场面，闭门造车，如镜花水月，海市蜃楼。"

三和不好出声。

"你怎么看我们？"

三和摊摊手："世界上好人仍比坏人多，勤有功，戏无益，满招损，谦受益。"

苏冬虹笑得直不起腰。

半晌她说："我不是美女。"

"朱天乐并不想娶美女。"

苏冬虹点点头。

"努力工作。"三和替她掩上书房门。

这时，何展云也来了，穿小小红色上衣，大篷裙，扎一条马尾巴，十分娇俏，她朝三和说："睡不着，回来看看，将来我们这些人死了，灵魂也会飞回拍摄现场徘徊，所以片场时时闹鬼。"

"吃过早餐没有？"

"我恒久维持一○二磅，还吃早点？"

三和微笑："美女生涯不易捱。"

"你不会想知道，"展云唏嘘，"长期捱饿：矿泉水、米饼、番茄汤……快想自杀之际才可吃一颗水果糖，看出来没有，眼睛鼻子全做过了，不过胸部却是真货。"

三和骇笑。

展云笑着说下去："整形秘诀是不要贪心，切勿企图成为另一个人，也别以为可以年轻十年。"

"那为什么要去捱手术刀？"三和好奇。

"因为想观众觉得我们脸容永远精神奕奕，无畏世道艰难。"

"普通人呢？"

"不靠面孔吃饭，何用缝缝补补。"

"展云，与你说话真是乐趣。"

"三和，我累了，借你的床一用。"

三和着急："我这里只有一张床，世琦正休息。"

"啐，我也是女主角，她得让出半边床位。"

真是对上了。

工作人员纷纷到达，导演呢，怎么还不见人？

男主角一进门便说："我利用这个上午去游泳了，好不痛快。"

他看见三和，送上一份礼物。

三和意外："给我？"

拆开一看，是一本十分精致的立体图画书：《莎士比亚与环球剧场》，绘图栩栩如生，布景人物具体而微，其中一幕，是朱丽叶站在露台上夜会罗密欧。

三和喜欢得不得了："你在何处找到？"

王星维看着她笑："你得相信我也时常逛书店，并且识得几个字。"

三和被他逮个正着，不由得笑了。

他解释："我见你在读一本莎翁与剧场的书，忽然想起，上半年到多伦多登台，逛书店时买过一本类似立体书，心甘情愿割爱。"

"你喜欢立体书？"

"我有一本航天仪器的：太空站、穿梭机、哈勃望远镜、火星探测仪……全部立体可以折叠，我一口气买了一打，四处送给小男孩。"

没想到他有这样童真的一面。

他说："今日你府上正是小型环球剧场，上演悲欢离合。"

"洋人常说：生活模仿艺术。"

"我们走了之后，你可以找人用淡色油漆在墙壁糅上'环球剧场'四字，若隐若现，娱己娱人。"

三和凝视他。

她从未想过会与一个男演员聊天。

王星维说："我在大学里读室内装修。"

呵，怎样踏入戏行？

"你本名叫什么？"

"就叫王星维，三年前被一名导演发现，决定入行，发觉收入还不差，一做好几年。"

有人走过来："星维最洁身自爱。"

原来是世琦下来了。

王星维却说："各人生活习惯不同，我幸运，患酒精敏感，一喝，浑身浮肿，无人劝饮。"

三和看着他俩。

"听说，你们好事近了。"

没想到两人异口同声骇叫起来："救命，谁会同一个演员一起生活。"

接着，指着对方大笑起来。

世琦先说："人家的事业是一辈子的事，公务员到了五十五岁退休年龄，还可以再获续约，或另起炉灶；只有演员，过了三十五岁便叫人老珠黄，不不，自己危危欲堕已经足够受罪，伴侣千万要有一份稳固职业。"

这时，展云也下来了。

王星维也说："像世琦与展云，摆明是艳星，通通不明经济实惠、孝悌忠信，又怎么做终身伴侣？"

话没说完，世琦与展云已经追着王星维来打。

一边喃喃咒骂："就差没说我们连礼义廉耻也不知。"

三和笑得流下眼泪。

多谢天使差来这班爱闹的人来慰她寂寥。

"荣小姐你好。"

三和回头看到是电影监制周小眉到了。

"导演还没来？"

"冬虹正在书房埋头苦干。"

"我从不担心冬虹，她最有纪律，我要找的是朱天乐。"

"找我？"

导演终于出现，大家松口气。

周小眉过去闲闲地问："订婚也不告诉大家，要我们看报纸上娱乐新闻才知喜事。"

朱导演除下墨镜，大家看到他左眼青肿。

"与人打架？"

"不，我自己喝醉了，摔了一跤。"

"看医生没有？"

"刚自医务所回来，无恙，过几日自动痊愈。"

周小眉问："发生什么事？"

"昨夜收工，我到冬虹家去，向她求婚，她答应了。我在回家途中，忽觉责任深重，压力惊人，进酒吧喝两杯，谁知就发生意外。"

"一时冲动？"

"不，有实际需要。"

周小眉说："你要重写剧本？"

朱天乐只答："我需要一个安定家庭。"

"你可别伤害冬虹，她为这个戏已经瘦得只剩九十磅。"

朱天乐摊摊手："你是众人家长，你说呢？"

"我只关心戏的进度，你若超时超支，我得开除你。"

三和这才知道公司可以请导演卷铺盖。

"小眉，你好眉好貌，说话却不饶人，难怪一世嫁不出去。"

周小眉却哈哈大笑："嫁人与否并非我担心事宜，下次若要诅咒我，不如骂我下一部戏不卖座。"

朱天乐看到三和："别笑坏荣小姐。"

"三和不会讲是非。"

三和哑然失笑，避到后园去。

周小眉坐下来与导演详谈，句句公事。

助手看见三和，斟杯咖啡给她。

"荣小姐，邻居是什么人？"

"一个退休老先生。"

助手说："我看不像。"

他伸手一指，三和朝那方向看过去。

啊，一定是王家那三名孙女到了。

只见有人在树丛篱笆处架了梯子爬上去朝这边张望，且咕咕笑个不停。

三和微微笑。

"荣小姐好修养。"

三和答："我家终日静寂无声，难得这样热闹。"

助手忽然问："我们走了之后，你怎么办？"

三和顿觉彷徨："我不知道，可否跟你们走？"

助手笑了："荣小姐真会说笑，一部戏结束，我们各奔东西，各自待业，直至监制再次找我们重组班子，才可以开工，我们也不知道走向何处，你又如何跟我们脚步？"

"没有固定班子？"三和吃惊。

"所以叫跑江湖呀。"

三和怔怔地问："那世琦与展云呢？"

"她们是红星，不用愁，工作排满满，直到明后年，荣小姐你呢？"

"我与大学有两年合约。"

"我也想回到学校多读几年书，可是那也不保证有理想工作。"

"读书是一种乐趣——唉，陈词滥调。"三和笑起来。

"不，荣小姐，说下去，我爱听。"

"读书是开心事，每天多学一点，增加思考能力，开拓见闻。"

"讲得对，是否一定要入读名校？"

三和答："视个人能力，做得到当然好。"

"我怕人嘲笑只是间野鸡大学。"

"会说那种话的人，无修养无学养，恐怕大字不识一笼，何必理他。"

小助手点点头："明白。"

三和低头喝咖啡。

只听见小助手又说："荣小姐，你对人对事都有充分了解，应无烦恼，但是为什么一脸忧郁，闷闷不乐？"

三和忽然诉出心事："我失恋。"

"呵。"

三和垂头。

"那人是个亮眼瞎子。"

三和笑了："我也认为如此。"

她回到楼上。

只见床上被褥一片凌乱，仿佛有人打过架，这才想起，展云与世琦争过床位。

何等旖旎。

她整理好被子，躺上去，鼻端像是闻到她俩身上香氛。

三和手中还拿着那本立体书。

那时易泰也四处搜集立体书给她。

最早一本，是《国家地理》杂志印制的气象书，一打开，一股旋风会自书本中跳出来，掀过一页，是火山爆发，接着是地震，土地崩裂，还有海啸涌现……叫三和爱不释手。

最后一本，是神话故事《魔戒》，整本书里都是魑魅魍魉，有点可怕。

之后，他们就分手了。

易泰托朋友来问："他说有一套书在你处，叫什么，叫'会跳出来的书'，那是什么，我愿开眼界，他说你如果没用，可归还给他。"

三和像是腹中被人插了一刀，只是不动声色，轻轻答："我收拾好了，他随时可以来拿。"

他全部要了回去。

易泰没有提到大富大贵，它们太麻烦。

叁·

两个人在一起不带条件，

你对那人没有太大寄望，

也就不会失望，

大家高高兴兴过日子。

今日，又有人送她一本这样的书。

三和听到轻轻敲门声。

"谁？"

"星维。"他并没有推门进来，隔着门说话，"今日下午恐怕拍不到我，可要出去兜风？"

三和走近房门，坐在地上，背脊靠着墙壁。

他在门外揶揄："哗，考虑那么久。"

三和笑了。

"我没有其他意思，只想散散心。"

三和说："可是，人会有憧憬。"

"也不能因噎废食。"

三和在门里边说："你们都这样会说话。"

"我们，还有谁？"

"世琦、展云、周制片、朱导演，连茶水管理员都有哲理。"

王星维也笑。

半晌，三和以为他不耐烦，已经离去，可是他的声音又传来："考虑好没有？"

三和站起来开门。

他很高兴："我们自后门出去，前门有记者。"

呵，记者。

王星维对荣宅环境似乎比三和还要熟，他与她绕过后门，走到王宅后园，从人家花园另一角离去，有一辆小房车等他。

他问："喜欢快车还是慢车？"

"不徐不疾。"

他把车驶上山顶。

这个地方，几乎世代年轻男女都来过，是个看灯色的观景点。

大白天，感觉不一样。

他陪她下车，在小贩处买一个冰激凌给她。

三和诧异："五十年代风情。"

王星维想一想："五十年代的游客，今日已是公公婆婆。"

"真难想象，他们也曾年轻过，也会为私情烦恼，亦试过争风吃醋，辗转反侧。"

王星维笑了。

三和别转头去，有一个角度，他像极了易泰。

她问："人一过五十，是否会失却七情六欲，清淡天和，以后都可以太平宁静生活？"

王星维哈哈大笑。

"五十岁还不能够吗？行将就木，倘若仍然纷争，如何对得起岁月。"

"三和你真有趣。"

华 语 世 界 深 具 影 响 力 作 家　　亦 舒 作 品

经典作品

流年似锦辑

寂寞比烟花　亦舒

电光幻影　亦舒

红尘　亦舒

开到荼靡　亦舒

刹那芳华　亦舒

"老年是一个舒泰平原，与年少无知的荆棘道路不同，在中年，又需攀上崎岖山坡，十分艰辛。"

王星维看着她："很少人到这里来谈论人生。"

三和笑。

"在任何阶段，最重要的是有能力付清所有账单吧。"

三和答："呵，这个当然。"

王星维轻轻说："三和，下次，有男伴陪你上山来，车子一停，你就不宜说话。"

三和睁大眼睛。

"最好半低头，微微含笑，培养情绪，听听男伴要说什么。"

三和大笑起来："这是剧本上指示。"

王星维无奈。

到了这个时候，他也知道该名秀丽的屋主对他并无遐想。

他倒也能处之泰然。

三和向他道歉："不好意思。"

"没有问题，出来散心而已。"

三和说："回去吧，不宜离开太久。"

他们刚想上车，对面马路有人叫她："三和，是你吗？"

三和立刻保护王星维："你先上车。"

那人走近，原来是大学里同事欧阳："我们以为你放假外游。"

三和摇摇头。

那人朝车里看一看："那是易泰吗？你俩和好了，真叫人高兴。"

原来，不止三和一人觉得他像易泰。

欧阳见三和不出声，知情识趣："三和，我们再联络。"他走开了。

三和立刻上车，王星维把车子驶下山去。

他说："原来我长得像一个人。"

王星维那样聪敏，闻一知十，听一句话，便明白整个故事。

现在，每个人都知道她失恋。

"奇怪，世琦跟你也相像。"

"不敢当。"

"我与世琦演对手戏时，你会有奇怪感觉吧。"

三和点点头。

"你们分手，可是因为第三者？"

三和不语。

"那另外一个女子，气质可与展云相似？"

三和不由得冲口而出："一个印子似的。"

"啊，难怪你时时惆怅。"

三和答："你们像在演出我的故事。"

"我倒想见见这位易泰君。"

"我们已无联络。"

"你们在一起多久？"

"我已忘记。"三和垂头。

"对不起。"

到了家，他们仍自小路回去。

只见周小眉握着部分剧本与苏冬虹讨论，她俩脸上已经累得泛油，朱天乐正指挥两名女角。

王先生在隔壁喊她。

三和问："有事吗？"

"过来喝杯茶。"

三和看见五张笑脸，他们是王先生的儿子儿媳以及三个孙女。

奇是奇在他们一家五口长得非常相像，通通小圆脸，又全体不知王老先生有多寂寞。

他们招呼三和喝下午茶。

五个人有多能吃？只见杯盏摆满，一下子碗底朝天。

"有几天假期，本来想去加勒比海，回头一想，不如探亲。"

"荣姐姐，王星维真人是否一般英俊，他可有内涵，又是否将往日本发展？"

三和答不上来。

可是女孩们追着问:"何展云可是比杨世琦更加漂亮,听说展云是富商何金裘的私生女,杨世琦的男友却正是何某人长子,他可有出现?"

三和心想:哗,这许多秘闻从何而来,她可是一无所知。

这几个十二岁的小女孩可真厉害。

"你们从什么地方听来这些消息?"

"我家订阅《哈啰》杂志,每期报道,图文并茂。"

有求必有供,这是经济学定律。

老大很起劲地说:"荣姐姐,杂志说,何展云拍过裸照,不过,观众已经接受并且原谅她。"

三和一怔。

"还有,杨世琦的母亲在她十五岁那年自杀身亡,她是孤女。"

三和耸然动容。

这时,王老先生咳嗽一声:"孩子们,嘴巴有时也可以用来吃东西。"

"荣姐姐,请安排我们与明星合照。"

她们咕咕笑,扭作一团。

三和只觉自己像是住在深山洞穴里的野人,完全不知世上发生些什么事,人家一定以为她深沉,实际刚相反,她无知才真。

三和全不知她们身世如此复杂。

然而表面上一点也看不出来,每日来现场报到的时候,她俩总是晶光灿烂,婀娜明媚。

相反的是荣三和,因为感情受挫,垂头丧气,路人皆知,想想都讨厌。

三和深深吸一口气,挺起胸膛,笑说:"我尽量安排。"

三名少女又笑起来。

王老先生送三和出门。

三和对他说:"我不会叫她们失望。"

"三和,我愿终生为你的狗洗澡。"

三和不由得大笑，拍打老先生背脊。

有人在对门张望，正是世琦与展云，肩碰肩，嘻嘻笑，好比一对姐妹花。

三和灵机一动，伸手招她们多走三步。

王老先生把握机会扬声叫人，那三个女孩子立刻取了照相机奔出来，得偿所愿。

不知怎的，三和紧紧握住两个女主角的手，不愿放松。

现在民智也开了，十多年前，无论发生什么事，不管谁是谁非，群众动辄起哄，要求当事人自杀谢世，现在比较懂得分析理解，学会宽容处理。

何展云不名誉照片一事也就自然淡忘。

王家连声道谢："谢谢两位。"

她们又回到屋中，世琦说："影迷是米饭班主，必须应酬。"

谁也没有异议。

"本子经过改动，世琦多了戏份。"

世琦说:"只是补拍几个背影,全无正脸,酬劳又无增加,再改下去,一人扮七角,我会辞演。"

展云懊恼:"世琦演出机会永远胜我多多。"

三和即刻说:"你戏份讨好。"

世琦不高兴:"喂。"

三和轻轻说:"我的意思是,各人做好本分,努力演出,然后静候幸运之神来临,你说是不是?"

两个美人沉默。

三和声音更轻:"做人也是这样,各有前因莫羡人,有人一票中,什么都有,幸福的家庭,体贴的丈夫,听话的孩子;有人道路崎岖,一身本领,投闲置散……咦?我的口气像老学究。"三和笑起来。

身后有声音闲闲说:"两位小姐已经由头顶红到足趾,宛如艳阳高照,再抱怨,当心雷公劈死你们。"

"哗。"

两个女孩子直跳起来:"好黑心,不但劈,还肯定要劈死。"

她们追上去把他按地上打。

王星维动也不动装死。

她们放下他逃去无踪。

三和只得过去探视："你没事吧。"

他紧闭双目。

三和一怔，伸手推他，他忽然睁大眼睛微笑，浓眉大眼，真是好看。

三和说："真羡慕你们，像玩一般打打闹闹说说笑笑又是一天，且收巨款酬劳。"

他仍然躺地上不动，但是嘴里说："可惜不能长久，观众喜新厌旧，极速变心。"

"有过几年好光景，也不枉此生。"

这时他才翻转身来："经纪人替我找到机会往日本发展，你说如何？"

三和笑笑："我不懂演艺行业。"

乱说不如不说。

王星维自言自语："日本市场并不比中国大，如果去美国又自不同，离乡背井还算值得。"

他把双臂枕在脑后，又轻轻说："短期发展尚可，真把我当新人那样办，恕不从命。"

他分析得相当合理。

"但是，到底是新领域，令人心动。"

说罢，他看着三和："如此不爱说话的女子真真少有。"

"我？"三和笑起来，"这几天我已经说得太多，过去我一人在家，整日不开口。"

"你家电话也极少响起，真正奇怪。"

三和笑。

"你没有姐妹淘伴？"

三和摇头。

"那倒好，杜绝是非。"

助手过来唤人。

王星维说："今夜怕要拍到天亮。"

三和回房去，看书看得眼倦，便倒头睡着。

只听得楼下人来人往，脚步纷沓，声音不算大，隐约传来，分外神秘。

半明半灭间，三和只觉楼下像《聊斋志异》一书中描述狐仙半夜出来作祟的情况。第二天醒来一看，全无踪影。

三和睡得不好，但又醒不来。

第二天天刚亮，她连忙套上外衣下楼看。

果然，一个人也没有，走得光光。

他们没有拍到天亮，凌晨已收队离去。

三和回房梳洗。

已经习惯家里多人出入，过些日子这些人一走，可真不知如何自处。

有聚必有散，唉。

才说她没有电话，电话铃就响了。

是那个在山顶碰到的同事欧阳。

"三和，我在你门口，可以进来说话吗？"

他与她是同事，天天见面，熟不拘礼，但是，始终不过是大家庭关系。

"我出来好了。"

"家里有客人？"

三和怕他误会："我即来开门。"

欧阳站在门口，有点憔悴，明显昨夜没睡好，三和极少在办公室以外的地方看到他，感觉有点陌生。

"请到这边喝杯咖啡。"

三和请他进厨房。

他坐下来，揉了揉脸："三和，我有话说。"

"可是实验室有事？"三和开始担心。

"不不，"他自己斟了一大杯咖啡，"三和，昨日我在山顶看到你，以为司机是易泰，我拨电话问他，你俩是否和好——"

三和发呆："欧阳，我不相信你会做那样的事。"

欧阳抢着答："我也不相信，但是我鼓起勇气，自他口中得到正确答案。不，那不是他，你们没见面已经很久。"

三和不禁生气："欧阳，你有什么毛病！"声音变得尖刻。

"三和，我一直爱你。"

三和霍地站起来，眼睛睁得圆且大。

"我不想再失去机会，这一年来，我看着你失意憔悴，终日落落，始终没有勇气表达心意。昨夜，我想通想透，故此一早来向你坦白。"

欧阳脸色有浅浅红润，他深深吁出一口气。

"三和，要是你愿意，我俩可以有新的开始。"

三和看着他，张大嘴，又合拢。

"三和，我知我不是英俊小生，人才也很普通，可是我会爱护你。"

三和这时知道有话要马上、立刻、即时说清楚，千万不可拖延拉扯。

她拍打欧阳肩膀，尽量诚恳地说："太突然了，欧阳，我不了解你，对你的爱恶一无所知，我们只是好同事。"

欧阳看着她："我们可以进一步了解。"

三和微笑："欧阳,你是好人,我相信你一定会爱护妇孺,可是,你不是我那杯茶。"

"三和,男人不是茶。"

"对不起,你不是我想看的那本书,我不想掀开封面。"

市面上有许多那样的书,文艺版编辑诚心推荐,大字标题:"好书!"免费赠阅,在所不惜,可是听者藐藐,读者选择的,永远是另外一些著作,真叫人痛心疾首。

欧阳见三和把话讲得那样明白,只得低下头,胸口难免凄痛。

"对不起,欧阳。"

"我尽了力,再也没有遗憾。"

"欧阳,吃了早餐再走。"

三和以为他会拒绝:没有胃口。但是不,他点了烟肉煎双蛋,并且指明烟肉要焦一点,鸡蛋不要太熟,面包上抹牛油。

三和笑着应："马上来。"

能吃下这份早餐，完全没事，他一共添了三次咖啡。

三和送他出门。

欧阳碰运气失败，仍然说："我爱你三和。"

三和点头："我会记得叫你赴汤蹈火。"

他终于走了。

三和关上门，这时才知道骇笑，她坐倒在地。

这时有人自书房出来："我都听见了。"

三和吓一跳，那人原来是苏冬虹。

她瘦得只剩扁扁一个影子，精神却十分矍铄。

三和问："你整夜在此工作？"

"我伏在书桌上睡着，忽然听见你们的精彩对话，醒来，不由得细听，对不起。"

三和笑："是我声音太大。"

"为什么不给那人机会？"

三和刹那间招供:"我仍盼望激动心跳及陶醉得凄酸的爱情。"

没想到苏冬虹完全同意:"真的,大家都不愁衣食住行,他若不能叫人心跳,干吗要在一起受罪。"

三和见她演绎得如此有趣,不禁大笑。

"你的前任一定十分精彩。"

三和摊摊手。

"我是一个编剧,我对所有故事好奇,你俩之间出了什么事?"

"有人比我更好。"

"不,"苏冬虹改正,"不是有人比你更好,而是这一刻他以为有人比你更好,两者之间有极大分别。"

"谢谢你冬虹。"

"看得出你想念这人。"

"是,他有宽厚肩膀,靠在上边很舒服,这种简单原始肉体的实际欢娱令人思恋不已。"

苏冬虹蹲到三和身边:"真没想到你这样坦白。"

　　三和微笑："看得出你们的要求比我的高深文明。"

　　"是，我们每一个人都只向往名利。"

　　三和答："我自少年开始渴望爱人及被爱，自小我父母离异，没有真正属于自己的家，我怕与他们两个人住一起，因为天天吵；更怕同他们单独住，因为他们各有伴侣，只好跑到学校寄宿。"

　　冬虹点头："幸亏家中有钱。"

　　三和笑："是，所有账单总有父母支付。"

　　"那样做人还有什么好抱怨的。"

　　"读书时也曾想做作家。"

　　冬虹骇笑："千万别想。"

　　"来，我做早餐给你吃。"

　　"我不是那个欧阳，他真吃得下，可见食物确是一种补偿。"

　　"你太瘦了，冬虹。"

　　"他到底来求爱还是来吃煎双蛋？"

　　三和尴尬，不禁反击："你呢，为谁辛苦为谁忙？"

冬虹想一想："我想成名。"

"你多次获奖，早已名利双收。"

"只是局限于小地方些微小名气。"

"你要扬名世界？"

冬虹却问："你会不会做法式薄饼？"

三和笑了。

如果欧阳像他们任何一人那样会说会讲，通情达理，他们都会有发展机会。

可惜欧阳简单如一二三：优薪厚职、个性呆板、循规蹈矩……看到那么多就得到那么多。

"昨夜很晚才收队？"

"他们天亮了才走。"

"你们的工作钟点神秘莫测。"

冬虹打个哈欠伸个懒腰："我也得收工回家了。"

"本子改好没有？"

"差不多了。"

说着，苏冬虹忽然蹲下，捂着腰，她呕吐起来。

"对不起……"

她自己尚未发觉,一味掩住嘴。

可是三和看到冬虹吐出来的是浓稠血液。

三和立即取过毛巾按住她嘴:"别动,躺下。"

冬虹已经痉挛。

三和奔出去拨急救号码。

救护车来之前,她紧紧抱着冬虹,不住安慰。

冬虹并没有失去知觉,她泪流满面,神情悲苦。

幸亏救护人员五分钟就赶到,他们即时替冬虹诊治,有人经验丰富,即时说:"别怕,只是胃出血。"

迅速把冬虹抬上担架。

三和百忙中写了一张字条放显眼处,跟着上救护车往急诊室。

冬虹闭着双眼声音微弱:"真没想到要新相识照顾。"

三和握着她的手,在她耳边说:"这就叫缘分。"

冬虹气若游丝:"这回呕心沥血。"

在一旁的护理人员却听见了,他老实不客气,科学化地说:"烟酒过度,或爱吃酸辣肥腻,也会引致胃出血。"

三和微笑。

这时经过注射的苏冬虹沉沉睡去。

到了医院,只要病人的头颅还连接在脖子上,医生看护都视作平常,冬虹即时获得适当安排。

忽然有一个人匆匆奔进来,不知碰到什么,摔一大跤,刚好匍匐在荣三和脚前。

原来是朱天乐气急败坏奔来。

三和感动,到底也有真感情,单是为着剧本,不可能这样激动。

看护把他扶起:"先生,你没事吧?"给他一杯温水。

他叹口气,坐下,问三和:"冬虹怎样?"

"她没有生命危险。"

"荣小姐,打扰你了。"

三和微笑:"四海之内,皆兄弟也。"

"我进去看她。"

"那我先回去。"

回到家里，发觉工作人员都已知道这事。

副导演说："什么电传电邮电话电报都不及一张大字直截了当一目了然。"

三和即时进厨房煮了一锅瑶柱白粥。

怎么看，冬虹都不似有亲人照顾的样子，紧要关头，只得靠路人拔刀相助。

工作人员收拾厨房："荣小姐，全用消毒药水清理过，你可放心。"

世琦进来："三和，你且去换件衣服。"

三和低头一看，只见衬衫上血渍斑斑。

她一边上楼一边问："今日还拍戏吗？"

"你没听说过，'表演仍需继续'？"

展云叹口气说："终于有人吐血了。"

三和淋浴更衣，把粥装到保暖壶里，拎着出门。

在门口碰到朱天乐。

他无奈地说："收队才去探她。"

三和答："有我。"

导演看着她，感慨地说："你才是总指挥。"

三和已经上了车，往医院驶去。

半途想到一间叫甜蜜蜜的小店，专卖一种糖浆炖鸡蛋，那香味人闻了会酥倒，她赶去排队买了两盅。

走进医院病房，只见苏冬虹侧着头看窗外。

这时已开始下雨，天色灰暗。

冬虹转过头来："三和，又是你。"

三和笑："好像很讨厌的口气。"

"不不不，三和，怎么好意思。"

"我没有事，我来陪你吃饭，我问过医生，你可喝白粥。"

"那很香的是什么？"

"是我自己的午餐。"

她打开盒子，舀了一匙送进嘴里："嗯——嗯，还是得活着。"

冬虹看着她："三和，我要是男人，必追你到天涯。"

"老话一句，"三和叹气，"你不是男人。"

"听说他像王星维？"

门外有人问："背后讲我什么坏话？"

只见王星维手中拿着一束藕色玫瑰花走进来。

他穿着舒服熨帖的西服，笑容可掬，趋近冬虹，吻她脸颊，奉上鲜花，一连串动作，看得人心旷神怡。

这时，三和发觉，说易泰像他，也许是过誉了。

"一剧之本，整组人的灵魂，你怎么样？"

冬虹不由得笑起来。

这时医生进来说："苏小姐的化验样本已经回来，一切正常，你只需服药休养。"

大家松口气。

苏冬虹问："老王，你怎么走得开？"

"要走一定走得掉，今日我若退出这个行业，至多得到一分钟叹息、一分钟怀念。"

他们唏嘘。

哪个行业不是这样呢?

王星维又振作起来:"所以在位时更加要发热发光,搞好人际关系,拿老板的资本笼络众友,以便来日相见。"

冬虹说:"老王你口气似个江湖客。"

他小心喂她喝粥,却把三和手中炖蛋吃光光,还伸出舌头舔碗底。

连看护都笑了,随即问他拿签名照片。

稍后王星维回去工作。

冬虹说:"你看这个万人迷。"

难以想象这样的人会牺牲大量群众而心甘情愿回去对牢一个家庭观众。

"星维将去日本。"

"我听说了。"

"日本哪儿有他那般精灵的男生,你说是不是?"

三和微笑:"无须商榷。"

"三和,你回去吧。"

"我怕你寂寞。"

"我已习惯。"

"你的亲人呢?"

"做官的才有亲戚。"

"行行出状元。"

"我们这一行,成为状元之前早已遭亲人看扁。"

"那么,不要他们也罢。"

门外又有人说:"还有我们呢。"

原来是世琦与展云到了,像金光照亮了雨天的病房。

两个美女一出现,连邻房吊着盐水的老伯都前来看热闹。

花束、蛋糕、水果摆满房,展云送冬虹一件桃红色缎袄,立刻替她披上。

"人要衣装。"她咕咕笑。

她俩只逗留十分钟就走了。

三和待冬虹睡着才与医生说几句。

"过几日可以出院，千万不能再刺激胃部。"

三和点点头。

"你也是演员？"

三和笑了，摇头："不不，我只是朋友。"

"你是杨世琦。"医生十分固执。

"不，世琦刚走。"

他仍然狐疑："你们都长得似一朵花。"

好话人人爱听。

三和归途上一直带着微笑。

她忽然发觉自己忙得不可收拾，同这群人成为莫逆，分享他们的荣辱。

三和在沙发上休息，不觉睡着。

梦中有人推她："杨小姐，帮我签个名。"

三和答："我不是杨世琦。"

那人诧异："你明明是世琦，这是你的故事，你是女主角。"

三和挣扎："不，不。"

"醒醒，醒醒，你做噩梦了。"

三和睁开双目，原来是冬虹叫她。

三和怪不好意思。

冬虹轻轻说："家母生前叮嘱：若听见她做梦呼喊，必是梦魇，要立即唤醒她，免她受惊。"

三和点点头。

冬虹反而问她："家母做什么噩梦？"

三和想一想："上一代的人，经历那么多，也许是看到战争。"

冬虹声音更低："我那时年幼，竟没有问她做的是什么噩梦。"

"你俩亲厚？"

"不，我一早离家工作，家里狭小挤逼，并非久留之地，养不活孩子，也只得趁早离去。"

三和握着她的手："你现在很好，全无问题。"

冬虹问："你刚才梦见什么？"

"有人说我是杨世琦。"

118

冬虹微笑："你才不要做杨世琦。"

这话里好像还有话，但是冬虹立刻噤声，三和亦无追问，两个人都有操守。

这时，朱天乐推门进来。

他说："我与姐姐说好，你出院住到她家休养。"

冬虹问："剧本呢？"

"我找替工续写。"

"不不，我可以胜任。"

"你一定要休息。"

"写几行字，又不用挑又不用抬，我做得到。"

朱天乐看着她："人脑只占体重百分之二，可是却消耗百分之二十体能，你听我说——"

三和轻轻离开病房。

他珍惜她多于剧本，这才最重要。

清晨微雨中回到家，看到王家正把行李搬出来。

三个少女立刻围住三和："我们要走了，荣姐姐，你对我们真好。"

三和叮嘱："孝顺父母，勤力读书。"

扰攘一番，他们一家五口上车往飞机场，只剩王先生站门口。

他呆呆地不愿返回家内。

终于，他的狗出来唤他，不住在他脚下打转。

他轻轻说："老人，老狗。"

三和陪他进屋，沏了两杯茶。

冰箱里全是吃剩的冰激凌与糖果，人走了，剩下一大堆垃圾。

"我找人帮你收拾。"

老人垂头："家里人多时间容易过。"

"王先生，我替你找份暑期工。"

他笑了："三和你真有趣。"

"不，是真的，你最擅长什么？"

"打理大小狗。"

"我立刻帮你致电爱护动物协会，他们需要义工。"

"那多好。"他大喜过望。

三和拍拍他肩膀，她自己何尝不是勤做义工。

回到家，发觉有人低头检查地毯。

助手见三和回来，解释说："荣小姐，恐怕要替你换过地毯。"

人来人往，拖拉机器，地毯明显侵蚀。

三和想一想："不用了，我打算恢复用木地板。"

"没问题，荣小姐，我们会帮你处理。"

她回到楼上，脱掉外衣，坐到床上，猛地跳起来。床上有人，她坐到那人大腿上。

"谁？"

"我。"有人呜咽地在被褥下动一动。

"展云。"

她秀发蓬松，伸出一只玉臂，拍拍枕头："来，睡到我身边。"

这是三和自己的床，她很自然躺下。

展云吁出一口气。

"你还不收工？"

"家里只得一个人，不想回去。"

"刚才拍到哪里？"

"导演心绪紊乱，匆匆忙忙去医院探望冬虹，他待她有点真心，所以，还是结婚好。"

三和问："你呢，你可希望组织家庭？"

展云且不回答："整间房整张床都是白色，你喜欢素净，你眼中揉不下半粒沙。"

三和微笑："随得你怎么说。"

"你我萍水相逢，说话好不投机。三和，你有许多过人之处。"

"那是因为你我并无利害冲突，不同行，又不同性格。"

展云却笑："可是你我都是女人，对一些嚣张善妒的女性来说，所有女人都是假想敌。"

三和笑问："你的男友不来接你回家？"

"许多人不相信我何展云没有固定男友。"

"为什么？"

"你没听说过？少年时我拍过几辑裸照，做过艳星。"

三和怪心痛："明知有害，为什么那样做？"

展云瞪着她："我最讨厌你这种人，略比人顺心，便做不谙人间烟火状：为什么卖友求荣、为什么要向上爬、为什么抛妻弃子……别人的不幸通通恶浊猥琐，你则高雅清丽。"

"展云，别冲动。"

展云提高声音："为什么？求生存，因为人总得活下去。"

三和说："那些都是借口，你除外，我相信你。"

"每次记者问起我，我都说我已再世为人，通通不记得了。"

"我不相信你已忘记。"

"我不是想让你相信。"

三和说："你对记者所有问题都已有固定答案，不怕临时手足无措。"

"我们都不是初入行了，人生如戏，此刻倘若有人走到你面前示爱，你也知道如何应付。"

"是，"三和点头，"我在心中也练熟了一些对白和台词。"她频打哈欠。

何展云咕咕笑起来。

再想说话，她发觉三和已经睡着。

展云刚想起床，看到门口有人。

助手轻轻说："展云，这位先生找荣小姐。"

展云一怔，这人好面熟。

那高大的男子一见床上有两个年轻女子，更加错愕，说不出话来。

两女暧昧地和衣躺床上，一睡一醒，同样雪白面孔与浓发，一个正看着他。

"三和睡着了，你是谁？"

他认得那确是三和，但为什么在大学做科学研究，生活平凡无奇的荣三和今日会这样香艳旖旎地与一个美貌女子躺床上？

他定一定神："我叫易泰，我冒昧了。"

谁知那女郎笑着点点头："你是三和从前的男朋友，所以熟不拘礼。"

她知道他名字？他怔住。

女郎笑眯眯："这个'前'字真坑人可是？前妻、前夫、前朝旧臣、前尘往事……英雄不提当年勇——请问你来干什么？"

易泰被女郎一番话呛得说不出话来。

只见女郎下床来，身上只穿旧 T 恤及短裤，身段骄人，双手撑着腰，仍然笑容可掬。

易泰猛地记起来："你是何展云！"

"是，我是展云，你有什么话说？"

易泰忽然认输："我来得不是时候。"

这时，三和在床上翻了一个身。

何展云拉着易泰走到房外，细细打量他："你想走回头路？"

易泰透不过气："我改天再来。"

他头也不回，匆匆奔下楼梯，走了。

展云收敛了笑容。

她轻轻哼出一首歌："我浪费了这些岁月，浪费了这些眼泪……"

他肯定会再来。

不过，挫挫这种人的锐气也是好的。

三和轻轻在她身边出现："那是谁？"

"盹着了？"

"不觉眠了二十分钟。"

"已足够补充体力。"

"刚才那是谁？"

"一个人。"

三和笑："我也知道不是一只鬼。"

展云说："说出来不要难过，我已帮你打发他走。"

三和一愣，渐渐会意，试探地问："那是易泰？"

展云点点头："不会怪我吧？"

呵，是他。

　　三和坐到梯间，多少个日子，朝思暮想，希望他会重新在大门口出现。

　　到他真的来了，她却在睡中觉，懵然不觉。

　　而且，错过见面机会，也没有特别遗憾。

　　三和用手揉着脸："你们说些什么？"

　　"我叫他走。"

　　三和用手托着下巴，过一会儿又问："你觉得他长得怎样？"

　　展云笑了，坐到她身边："在我的行业，英俊小生，一毛钱一打。"

　　"对，你不稀罕。"

　　"他面貌端正。"

　　"可像王星维？"

　　展云轰然大笑："星维会掐死你。"

　　有人在楼梯底下问："谁要杀死我？"

　　展云笑说："星维，上来聊天。"

　　三和诧异："真无人相信你们这些人竟然无处可去。"

星维上来坐下："演员原是世上最无聊的一群人，我们不懂做自己，只会扮演剧中人，越是红演员，越没有时间做回自己。"

三和回味他的解释。

展云轻轻说："易泰来过。"

"他来做什么？"

三和忽然笑了，他们都知道这个名字，他们全知道她的故事。

真是一家人。

"你猜他来做什么？"

"他还会有什么意图？路人皆知。"

"你没问他？"

"猜都猜得到。"

王星维说："你应该让他亲身面对三和亲口说个一清二楚。"

"什么，把三和的伤疤又揭开来？"

三和举起手臂："我没有伤疤。"

王星维看着她："对，你心上只有一个乌溜溜流血的洞。"

三和颓然，用手掩脸。

展云提高声音："她哭了，老王你该死，你整哭了三和，你该当何罪？"

三和很疲倦："两位，请让我静一静。"

"老王，你听，下令逐客了，你还不道歉？"

王星维握住三和的手："对不起，原谅我们鲁莽，这全为着意图保护荣三和这名弱女，你又无亲友帮你出主意。"

三和啼笑皆非。

展云忽然说："三和，来，我们在你家厮混了这么久，你也到我家去参观一下。"

忽然有声音说："要去，也先去我家，我是第一女主角。"

展云立刻答："第一讨厌，第一嚣张。"

杨世琦来了。

三和问："世琦，你为何把这第一老挂嘴上？"

世琦黯然降低声音："我除了这第一，还有什么？不比展云，她有巨胸。"

"你没有娱乐项目？"

"临急临忙，连记者都说没空。"

展云问："你的男友呢？"

世琦抱着双膝："到苏黎世开会去了。"

展云说："刚才你没来的时候，我们谈得不知多高兴，你一出现，气氛全毁。"

三和打圆场："没这种事，世琦你别理她。"

"发生什么事？"

"世琦，易泰来过。"

杨世琦不以为意："他还有胆子上门？"

三和不禁感动，他们虽然多事，却是真心为她。

现在世上哪里还有这种多管闲事的好人。

"我们这三个臭皮匠，抵得上一个诸葛亮，让我们帮你对付这人，叫他吃不消兜着走。"

王星维搔头:"可是,我们三人的感情道路亦十分崎岖。"

世琦瞪他一眼:"你归你,我归我。"

"我们到世琦家去慢慢谈,她家厨子好手艺。"

三和骇笑:"你雇有厨子?你天天都不在家,却这般奢侈?"

王星维笑:"世琦还雇有秘书、助手、女佣,一个人好几人服侍,尽显大明星光华。"

他们登上世琦的车子,随她回家。

她住在山的另一边,公寓在顶楼,相当宽大,可是清雅得不似女明星香闺。

三和惊奇地说:"没有几件家具,同我一样。"

展云笑:"所以她到了你家,宾至如归。"

打开露台的窗,整个海港就在眼前。

"我住屋的唯一条件,就是要有美景。"

一个女用人轻轻捧饮品出来。

世琦说:"小时候整家人住豆大廉租屋,一个狭窄卫生间，五六人争用……"声音低下去。

三和劝说："你此刻要风得风，还提那些陈年旧事干什么。"

星维说："对对，我想喝现磨的鲜豆浆，可否请厨子现做？"

原来，都是寂寞的人。

三和好奇："你们，行家与行家之间，可有互相来往？"

展云飞快回答："他们不喜欢我。"

世琦瞪她一眼："你应检讨自己，你专撬别人男友，岑照媛、王月榴、陈瑜……至今没有原谅你。"

"他们一个个自愿走过来，我并没有勾搭任何人，也不允与他们约会，我自己手账上名单一里长，我还需做这种事？"

三和立刻说："我相信。"

展云说："星维人缘好，他与国际级巨星陈美琴最亲厚，人家一自欧美回来，就找他制造绯闻。"

世琦答："他已学乖。"

星维不出声。

三和总结："你们其实没有朋友。"

他们面面相觑，不禁黯然。

三和又说："此刻三人相处和睦，已是收获。"

他们唯唯诺诺。

"这部戏结束之后，还会继续来往吗？"

世琦答："叫我的话一定到。"

"星维要去日本，说不定经年不返，又可能走红，在彼邦立地生根。"

星维谦逊："亿万分之一机会。"

"不代表零，对不对？"

展云说："我要到美国去一趟，在好莱坞找个经纪人。"

"你呢，三和？"

"我？我没有计划，我将如常沉闷刻板地回大学生活。"

说到这里，几乎呜咽。

世琦始终不说话。

这时，用人捧出豆浆粢饭，客人举案大嚼。

世琦只喝茶。

她半晌说："我想结婚。"

三人一听，不约而同，放下碗筷，惊叫："不可！"

"三和，你也这样说？"

三和声音特别响亮："好好再拍三五七年戏，储一大笔嫁妆再说。"

星维说："千万别在三十五岁前结婚息影，然后到了五十岁复出乞食。"

展云说："你可别犯前辈错误，世琦，做这一行，一万人只红一个，你勿自暴自弃。"

世琦掩着脸说："我盼望有一个家。"

"这不就是你的家。"

"我希望打开家门有丈夫孩子迎出来。"

三和奇问："你不是天真到以为他会在家等你吧。"

"他说他会。"

"谁负责工作？"

"他愿提早退休。"

"两个人天长地久互相厮守不理世事？你认为那是理想生活？杨世琦，你需寻医诊治脑袋。"

世琦嚅嚅："所以还在考虑。"

"慢着，慢着，"三和忽然想起，"太不公平了，我们都没有问世琦是否爱这个人。"

星维笑："她若爱他，早已私奔，还会征求你我意见？"

"是不是？"

世琦看着双手。

展云解围："来，去我家打牌，租回来的房子，请勿见笑。"

"改天吧，大家累了。"

"可不是，做爱情问题专家至累。"

"散场。"

他们三人在门口仍然谈论婚姻问题。

"什么时候才是适婚年龄？"

三和想一想："星维你先说。"

"待我有经济能力维持一家舒适生活，以及甘心愿意守在屋里等大门一开妻儿回来的时候。"

"说得好，你呢展云？"

展云很爽快："我对婚姻失望，我永不结婚，我会不停寻找活泼男伴。"

"老了呢？"

展云十分豁达："老了就老了。"

星维鼓掌。

"三和，说说你的意见。"

三和轻轻答："等到学会处理一切经济感情问题，等到自身完全独立，不结婚也可以愉快过一生之际，或可考虑结婚。"

"什么？"

星维沉默一会儿："三和说话像橄榄，她的意思是，两个人在一起不带条件，你对那人没有太大寄望，也就不会失望，大家高高兴兴过日子。"

展云笑："我要他背着我。"

"那不行，他累了一辛苦就会逃走。"

"那我换人。"

大家都笑。

肆·

人们形容不正经、荒诞、欠长久的诸事，

都加一个戏字，

可见戏行是多么飘忽。

三和回到家门，只见场记在门口等她。

"荣小姐，导演请你立即到医院去。"

三和心一沉，呵，苏冬虹有事。

"荣小姐，你手提电话几号？以后找你方便些。"

三和答："我从未拥有手提电话。"

"什么？"场记大大纳罕。

三和笑笑把车驶走。

她一向没有话说。

三和奔进医院，一推开病房门，看见病床上空空如也，如冰水浇头。

她拉着看护问:"病人苏冬虹呢?"

看护立刻说:"是荣小姐? 跟我来,都等你呢。"

"等我?"

"他们在医院附设教堂,这边走。"

"病人苏冬虹怎么了?"

看护不再回答,把她带到小教堂门口。

"你可以进去了。"

三和不知是什么事,心中忐忑,低头吸口气,握紧双手,推门进去。

谁知立刻听见有人说:"证婚人到了,牧师,一切就绪,婚礼开始。"

什么?

只见苏冬虹缓缓走近笑着说:"三和,烦你做个证婚人。"

三和缓缓回过气来。

只见朱天乐以及牧师都在等她。

三和咧开嘴笑。

她还以为冬虹病情起了变化，已经不行，而朱天乐则在教堂祈求奇迹。

原来她太悲观。

三和笑得合不拢嘴。

刚还在谈论婚姻问题，原来只要有勇气，即可结婚，不论条件。

牧师庄重简单地主持了婚礼。

新郎新娘以及主婚人都穿着便服。

礼成后三和由衷恭喜他们。

苏冬虹刻意叮嘱："三和，这件事除你以外，没人知道。"

三和连忙答："我明白。"

冬虹咧开嘴笑，瘦小的脸上露出喜气洋洋的光彩。

她说："以后，我可以尽心尽意、专心致志写本子了。"

三和立刻说："赚多点钱，拿多些奖。"

她松一口气，发觉出了一身汗，衫衬贴在背脊上。

这个意外惊喜几乎叫她的心自喉头跳出来。

他们生活竟如此戏剧化。

忽而请辞，突然订婚，然后在医院的教堂内闪电结婚，不可思议。

冬虹在第二天出院，仍然借三和书房写稿。

她身边一大堆字纸，一些有格子，一些是白纸，一些用手写，一些打印。

做得筋疲力尽，似乎事倍功半。

三和前去打气："怎么了？我给你做一杯咖啡。"

冬虹忽然用手掩脸，她哭泣："我写不出来，早知结了婚会这么笨，我就不结婚。"

三和一听，笑得弯腰。

"你还笑？我脑子麻痹。"

她急得哭起来。

三和做了咖啡，取了一盘圈圈饼进书房。

她叹口气说："文必先穷而后工，就是这个意思了……心中觉得不足，有股盼望，便是精益求精的动力，你现在心满意足，耽于逸乐，做或不做，均是朱天乐太太，脑细胞自然躲懒。"

"那可怎么办？"

"慢慢来。"

一地字纸，三和需轻轻拨开才不致踏上去。

踏在字纸上，那是不礼貌的。

"三和姐。"

三和转过头去，原来是蒋小弟。

"小弟，好几天不见你。"

"我在另一组戏帮忙，今日有空，来看看你。"

三和看着他："你好像又高大了。"

小弟无奈答："我最近还验出患近视。"

"太用功了。"

"有机会做已是荣幸，三和姐，你这个做学问的人怎样看我们？"

三和笑说："像一个邪教，绝对服从教主，那当然是导演，生活同外边脱节。我听说有人不懂到银行提

款，全靠家人及助手安排。可是每人在小圈子内又异常
争取，得失看得极重。"

小弟讪笑。

"每个行业都相似，你别以为教师或公务员不红也
有饭吃，上头如不喜欢你，食不下咽。"

小弟说："听说这里发生了一些事。"

三和笑嘻嘻："我没听说。"

"是怪事，这里每人用心工作，没有明争暗斗，也
无人动刀动枪，我们导演叫我过来学习。"

三和唏嘘："可惜快要完工。"

"拍完这一堂实景，又挪到别处拍摄，看似杂乱无
章一堆底片，经过剪接配音整理，成为一部电影。"

"嘘——"

只见世琦蹲在星维面前，双手轻轻抚揉他的面孔，
纤细手指无处不在那般摩挲，十分旖旎。

三和发呆。

她爱上易泰的时候，也不相信他是真的，眼看不

足，总爱伸手去触摸：他的眉眼他的嘴唇他的肩膀胸膛，每当碰到他的嘴唇，他都会乘机吹她手指。

那段良辰美景都会过去，三和黯然。

这出在她面前缓缓展演，叫她心酸。

三和转过头去。

"拍摄缓慢？"

三和答："我不觉得。"

"朱导演出名地每日都有新主意，眼看组织失败，不能完工，他又巧妙地绝处逢生，顺利完成，且成绩斐然。"

"他是天才。"

"三和姐，这组可有绯闻？"

三和想一想："你去通知小报记者——两名女角争风喝醋，男主角勾搭导演，场记手中持有某与某裸照；一日，有人大叫有人欺骗他，需派出所前来调停；最后，卫生间淤塞，厨房冒火，屋主控告电影公司违约。"

小弟大笑。

忽然他说："三和姐，你恢复从前的你了，我真替你高兴。"

三和一怔。

"前一阵子你面如土色，幽魂般四处游荡。"

三和缓缓答："那是因为我没有化妆，又忘记添置新衣。"

小弟答："好好好，是是是。"

只见世琦凝视星维，目光苦楚凄婉，像是知道分手无可避免。

他俩演技如此精湛，真正难以相信彼此没有感情，只是工作。

有人在三和耳边轻轻说："演得真好，我甘心服输。"

三和低下头，自厨房走过，想去后园。

电话响了，是大学同事打来。

"三和，你的假期十五号结束，十七号将赴美国开会，飞机票已经订好。"

三和不出声。

"三和，听说你家租借给电影公司拍摄，可否参观？"

"啊，三天前已经拍完收队。"三和找个借口推搪。

同事抱怨："你也不通知我，我最喜看王星维。"

三和轻轻说："其实，他们也是人。"

"绝不是普通人。"

"各位好吧？"

"很挂念你，你那营养不良毛病，经过休养，已经没事了吧？"

"我胖了许多，衣服穿不下。"

"你会长肉？不相信。"

"我已再世为人，脱胎换骨。"三和学着何展云口吻。

"等着见你。"

三和放下电话，走到后园，在茶水档取了一个苹果吃，缓缓走出后门。

守候记者以为是明星，一窝蜂迎上来。

"世琦？问你几个问题。"

"不是世琦，不过有三分相像。"

记者退开。

三和默默向前走，大富大贵跟她身后。

忽然有一只大丹狗轻轻在她面前跃过。

三和脱口叫："喂，你!"

狗跳上一部小型货车，三和看不清司机容貌，她上前追两步，货车已绝尘而去。

这个人与这只狗好不神秘，隔一段日子出现，可是，又明显不是这里居民。

她与大富大贵坐长凳上休息。

忽然一辆车子轻轻停下，有人在车里呼啸一声，大富大贵的四只耳朵竖了起来。

这是谁?

他叫她："三和。"

三和睁大双眼，她把视线焦点调校数次，才瞄准车中人。

她仍然不能十分肯定。

这是易泰?

他比想像中胖，面色也略差，他走下车来，人好似也矮了一截，腰间有多余脂肪。

三和猛然醒觉，他不是她心目中那个人。

她在拿他比王星维。

开头，她觉得王星维好像易泰，此刻，她觉得易泰哪里会像王星维，星维比他年轻、聪明、漂亮得多。

她呆呆看着他。

易泰的衬衫残破，一看就知道自干衣机取出未曾熨过，易家那个伶俐的钟点女工到什么地方去了?

只听得他开口说："你气色很好。"

三和忽然看看背后，又没有人，他同她说话?

分手后她一直渴望他会回心转意，她也自觉可以既往不咎，可是，此刻站在她面前的人，已不是从前那个人。

三和张开口，试图说话，又无话可说，将嘴合拢。

对方却误会她惊喜过度，不知所措。

他走近："三和。"他咳嗽一声。

三和忽然微笑："找我有事，抑或只是路过？"

"特地找你说几句话。"

三和轻轻吸进一口气，以平常心应付他。

"是办公室公事？"

易泰点点头："实验室打算升你。"

三和不出声，她根本不在乎职位上升降荣辱，她只知尽忠职守。

"你随时可升做正式职员，享用福利。"

三和平和得连自己都有点吃惊："我可以去检查身体了。"

"三和，还好吗？"

"过得去。"

"你可有向前走？"

"我一直努力求进步。"

"我的意思是，你有无异性朋友？"

"我有许多新朋友。"

"有无特别一人？"

"我不想太匆忙。"

易泰坐下来："这是你的优点。"

这时他也觉得自己语气生硬。

大富大贵趋向前来与易泰表示亲热。

它们还认得他，见到旧主人十分高兴。

"你把它们照顾得很好。"

"应该的。"

他坐下来，三和发觉他袜头橡皮筋松脱落在足踝上。

以往，三和会立刻出去代他买一打新袜，兼内衣若干、领带数条。

可是，很明显，易泰对该类服务并不领情，他不需要保姆，他选择艳女。

三和同自己说：喂，你怎么尽在琐事上兜圈，提起精神来呀。

她问易泰："你想说什么？"

易泰看着旧女友，发觉她清丽如昔，那不爱说话的脾气也似旧时。

他怎么会离开她？这是世上最愚昧的行为。

"或许，你有时间的话，我们可以聚一聚。"

"啊。"三和不置可否。

她伸手拨一拨毛毛的头发，拉一拉运动衫，今日不在状态，又无装扮，一定大扣分数，不过，她也没打算做这份试题。

她站起来："我们再联络吧。"

易泰愕然。

大富大贵知道要走，呜呜不舍。

三和说："你好像不久之前到过我家。"

"是，你睡着了。"

"以后，还是预约的好。"

这时忽然有人跑过来："三和，你没事吧？"

原来是王星维。

三和松口气："我碰到一个朋友。"

易泰站在他身边，足足矮了半个头，大了三个码，肩膀有点垮，面孔有点油，三和猛然发觉，易泰有点像中年人。

他几岁？她记得他比她大五年。

三和轻轻说："再见。"

她挽住王星维强壮手臂，拉一拉两只狗，走回家去。

转了弯，她轻轻叹息。

她问星维："你怎么来了？"

"场记说他买点心回来，车子经过，看见一陌生男子盯着你不放，他有点担心，所以我出来看看。"

"你们对我真好。"

"那人是谁？"

"一个朋友。"

"为什么不约一个时间一个地点？今日你根本没准备见人。"

"可不是。"

三和把头靠在星维肩膀上片刻又移开，莫让记者拍了照片去。

"你先进屋。"

回到书房，发觉苏冬虹留下一地一桌字纸。

助手说："她回家休息一会儿。"

三和笑："我还以为编导无须睡眠。"

她将纸张略为整理，坐在椅子上，把心事在电脑屏幕上打出来。

"我已忘记他？不，我永远记得他。

"但见到他十分陌生，因为几乎完全不认得今日的他，也没有失望或是震惊。

"还以为与他分手已有十年，不，只得，让我数一数，四十七天，啊，两个月不到，这是怎么一回事？一个人的容貌体形不可能在两个月之内发生太大变化，那么，一定是我从前的眼睛有毛病，把他看得太好太大。

"女性双眼构造奇突，这样重要的人都会看错，上天对我们不公平。

"即使如此，假使他没有提出分手，我会仍然同他在一起吧，喜滋滋围着他打转，以他为中心。我从不是事业型女子，我赞成努力工作，女子也需要固定入息，但我更盼望有一个温暖家庭，本来，以为他是理想伴侣，现在明白，我是太天真了。

"现在我确比从前明敏，可是，谁需要这许多痛苦换来的些微智慧。

"真叫人唏嘘，他仿佛有想回头的意思，怎样从头开始？我根本不喜欢这一类有欠诚信的男子。"

三和打出一连串惊叹符号。

稍后，又把符号改掉。

世事根本如此，有什么值得惊值得叹的。

这时世琦轻轻走进来。

她说："你与冬虹真能干，电脑在你们手中，像驯服小狗，对我们，似咆吼怪兽。"

三和微笑："打字员，一毛一打。"

"太客气了，你好像什么都会。"

三和答："我们学的是这一行。"

化妆师过来替她补粉，她闭上眼睛，天然长睫毛像小扇子般闪动，煞是好看。

"三和，星维同我说了。"

三和无奈垂头。

"星维说他配不起你。"

三和忽然笑了："我也是那样想。"

"星维说他整个人有点油腻，过时的女人杀手，讲话腔调故意销魂，十分可笑。"

三和吃惊。

真的？真的那样不堪？

世琦笑："曾经有人说他似王星维，不可能。"

三和轻轻维护前男友："你们不喜欢他。"

"许多人比他有钱有地位有学问有家势，也不会嫌弃女友。"

三和咳嗽一声："我们和平分手。"

"三和，你太和气了。"

副导演来叫。

世琦握住三和的手一会儿，才走开。

三和继续她的日志。

"……像小女孩看电影或读小说入了迷，不能自已，代入剧情，幻想自身就是女主角，我亦如此遭到戏弄，一心以为易泰是故事中男主角。

"受到创伤，痛得清醒过来，离远用客观眼光看清楚，吓一跳，什么，这就是他？"

展云走进来："你在这里？"

只见她穿一条束腰裙，那腰身只得一点点，这种纤腰并非天生，它的主人大概许久没有尝过淀粉。

"星维说那人——"

三和答："我已经知道了。"

"我们都讶异你会为那样一个人神伤。"

"我年幼无知，不知好歹。"

"全中。"

三和说："由你们三人来评估他，我比较服气，以你们的条件阅历，确有资格说长道短。"

展云扑哧一声笑："我们整日被报章杂志评头品足，

难得有机会也过一下这种瘾。"

三和吁一口气。

"三和，那个人，算了，向前走，一定有更好的。星维喜欢你，他说，你一声口哨，他立刻奔到你身边。"

"他真客气。"三和笑了。

下午，三和回房休息。

世琦进来睡在她左边。

展云又跑来挤到她右边。

三个年轻女子咕咕笑，王星维推开门："没我份儿？"

他横着躺到床脚，三女索性把脚搁他身上。

除了在大学宿舍，荣三和从来没有这样放肆过，所以大学岁月永远令人怀念。

他们说笑一会儿，楼下叫人，他们就散了。

晚上，三和独自站在后园看雨景，王先生在篱笆那边说："儿媳叫我去过年呢。"

三和笑："那多好。"

"孙女发觉我并非古怪老头，乐意与我相处。"

"对，凡事不要计较。"

王先生答："我想清楚了，凡事出钱出力，他们若欣然接受，那是我的荣幸面子，我必叩头如捣蒜。"

三和拍拍他的肩膀。

"若他们吃了拿了，还要生气，那也是我的福气，以后不必再烦。"

三和安慰："不会的，他们也是明白人，今时今日，哪里去捡便宜。"

"以前，我不明白，怎么会有老人遗产全赠慈善机构，现在才知其中凄惶。"

"嘘，你不是他们，你别多想。"

"你猜他们喜欢什么礼物？"

"现金最好，爱买什么都可以。"

"三和，你说得对。"

"王先生，别想太多，早睡早起身体好。"

他回屋里去了。

雨声渐急，越是这样，玫瑰花香气越浓，三和回到楼上休息。

第二天清早，冬虹来敲门。

她走进书房，伏在书桌上，一声不响。

"冬虹，怎么了？"

她呜咽地说："我一个字也写不出来。"

"怎么会，你一向运笔如飞，是支神笔。"

"可不是，我一向自负，上天虽无赐我身段容貌，但我才华盖世，可是现在完了。"

三和强忍着笑："也许新婚期过后，一切会恢复正常。"

"真是鱼与熊掌可是，"冬虹颓然，"顾此失彼。"

"你不写，自然有别人替上，还是永久过新婚生活为佳。"

冬虹说："我既不爱吃鱼，也不知熊掌何味，生活中最少不了的是——"

三和替她接上去："巧克力。"

两个人都笑了。

冬虹说："三和，这也许是我最后一个剧本。"

"恭喜你以后脱离苦海。"

她收拾桌上及地上字纸，整理好，放进一个大公事包："朱天乐叫我准备护照陪他周游列国，以后不必再写。"

"现在你知道，你不写他也爱你。"

冬虹笑得合不拢嘴："这些年来许多人以为他利用我。"

"那些都是小人。"

"连我都不知他真心待我。"

"那，你还有什么遗憾？"

"像我们这种挨惯了的人，一旦懒下来，不会享福，顿觉彷徨。"

"那么，不要写导演的故事，写你自己的故事。"

"三和，你指写小说？"

"什么都可以：小说、诗歌、散文……"

"多谢指教。"

"认识你是荣幸。"

这时，花园外有狗吠声，咦，什么事？

冬虹抬起头："大富大贵在走廊，这不是我们的狗。"

三和微笑，他们真的已把这里看作自己的家。

她们两个人走到花园，只见隔邻王老先生的狼狗不住高吠，看到三和，又伏地哀鸣。

三和比较懂得狗性，她一怔，走近去："告诉我，什么事？"

狗奔进屋内。

三和跟着推开落地玻璃窗进屋。

冬虹在身后说："小心。"

只见三和一进去就出来说："冬虹，打三个九，叫救护车！"

冬虹一惊，高声答："我立刻去。"

三和一进去便看见有人伏在地上一动不动。

她轻轻走近："王先生？"

脸朝下躺地板上的正是王老先生。

三和不禁流泪："王先生。"

她过去探他鼻息，他已无生命迹象。

三和无助地跌坐在地上。

狼狗过来伏在她脚跟。

她是最后与他说话的人。

十多小时前，他还与她谈及为人长辈之道：出钱出力、毕恭毕敬。此刻，他已辞世而去。

老先生神色平和，像睡着一般。

三和的头垂到胸前，她与狼狗依偎成一堆。

冬虹在门口喊："三和，你没事？"

这时，警车与救护车已经赶到。

三和站起来让他们工作。

她在门口接受警方问话。

"你是他什么人？"

"邻居。"

"认识他多久？"

"两年左右。"

"昨夜可有听到异声？"

"没有，一切正常，他的亲人在美国，我有地址。"

这时法医出来说："看情形是心脏病猝发。"

警官向三和道谢，三和回到自己屋内，两只狼狗跟了过来。

三和轻轻问："你俩暂时住我家可好？"

狗好像懂得她说话，立刻走近。

"去同大富大贵做朋友，在我家，暂时就叫大恩大德吧。"

它们跑到后园去了。

三和把王家美国的地址电话交到警方手上。

警官唏嘘："独居老人下场悲哀。"

三和不出声。

第二天下午，王先生的儿子前来敲门，他总算赶回来。

三和立刻问："你的家人呢？"

"她们走不开，由我独自来办理遗产事宜，荣小姐，你也住在这一区，现在的房价如何？"

三和张大嘴，又合拢，这也是人之常情吧，她终于轻轻答："我不清楚，你可委托律师及经纪处理。"

"是，是，"他搓着双手，"屋里没有什么值钱的东西，我会叫搬运公司清理。"

"王先生，"三和说，"有两只狗——"

"送到——"他想一想，"爱护动物协会之类的地方去吧。"

"王先生，你如果不介意，我愿领养它们。"

中年王先生有点讶异："是吗，随便你。"

三和强忍着不满情绪。

中年王先生又说："屋里杂物你要吗？要不你也可以进去挑。"

三和点点头。

他走了，片刻有房屋经纪陪着他回来，看两个人笑逐颜开的样子，便晓得地产市道还不算太差。

冬虹看在眼内喃喃说："你看，从前，我觉得上天刻薄这种人，没配给他良知；今日，我认为无痛无痒是一种福气。"

三和轻轻说："他打算把屋内杂物全部丢到垃圾箱。"

"我们过去看看。"

"冬虹，算了，别多事。"

"我是一个写作人，我对万事好奇。"

她们跟着中年王先生及经纪进屋。

是，屋内的确没有特别值钱之物：家具、灯饰、瓷器通通平平无奇，但，这是长辈住了几十年的地方呀，处处有他的足迹手印。

只听得经纪说："面积相当大，景观也好，装修后焕然一新，一定吸引买家。"

书房桌子上有一张旧照片，冬虹叫三和看。

只见是年轻时的王老先生与一个秀丽少妇合影，这一定是他妻子了。

三和轻轻说："此刻他们已经重逢，不再寂寞。"

冬虹拿起照片，一直走向客厅。

经纪还在说："……我可即刻替你放盘，你回旧金山去好了，这边有我，全无问题。"

冬虹走近中年王先生，把照片塞进他手中："你，把照片带走。"

王先生愕然。

"这是你父母合照，带回家留作纪念。"

中年人瞪着苏冬虹："你是什么人？"

冬虹也瞪大双目："我是路人，路见不平，拔刀相助。"

中年人怪叫："老人年事已高，一定会辞世而去，他生前又不愿到美国与家属团聚，我已尽了力，对得起良心。"

三和连忙把冬虹拉开："我们要走了。"

中年人直喊："不关你们事，好不好？"

三和把冬虹扯出门去。

三和叹口气："你怎么了？"

冬虹低头："一时浊气上涌。"

"我们回去做我们的事。"

大家又开始忙自身的生活。

冬虹问："这样对待父母,可以吗?"

三和按住她："只要生活得好,也就算是孝顺了。"

冬虹气愤,她离开现场回家去。

世琦过来问："怎么了?你们吵架?"

三和摇摇头："不,我从不与人争执。"

"这是你最难得之处。"

展云过来说："这是我们在荣宅拍摄的最后五天,开始倒数,依依不舍。"

"真的?"世琦大吃一惊,"这么快?"

三和也发呆,啊,天下无不散之筵席。

"嘻,我们都快成为三剑客,怎么就要散场?"

三和笑："你喜欢三剑客传奇?我爱红色鹅肠花故事。"

她们坐下来,又开始絮絮聊天,说个不已。

"三和此刻有四条大狗在家,谁还敢上门来。"

"唉，有缘分的人跋山涉水总会得找了来。"

忽然门外一阵引擎咆哮，世琦先侧着耳朵细听。

展云立刻不出声，她像是知道这是什么人。

世琦蓦然站起来，一只蝴蝶般轻盈愉快地飞下楼去。

三和看着展云，扬起一条眉毛。

展云点点头。

她们立刻多事地伏到窗口看风景。

只见世琦与一男子紧紧拥抱。

那男子驾驶一辆银色鸥翼古董跑车，放肆地停在路中央，记者奔过来拍照，杨世琦却毫无禁忌。

导演立刻派人把他们请入屋内，紧紧关上门。

朱天乐责备："世琦，你的造型不可曝光。"

世琦一直在笑。

她紧紧握住男友的手。

三和暗暗留神，这便是杨世琦在现实世界中的男伴了。这还是他第一次出现。

他去了何处？对，世琦交代过，他好似在欧洲开会。

三和对超过二十一岁仍驾驶引人注目跑车人士一概没有太大好感，只见这名男子粗眉大眼，十分活泼，却太过轻佻，实在不是理想对象。

不过，有什么关系呢，只要杨世琦高兴。

世琦会得照顾自己。

展云轻轻说："这人叫邓灼明，你听过邓氏企业吗？他是第三代唯一继承人。"

三和不出声。

展云说："别告诉任何人，邓某也试过约会我，不过我推却。"

"为什么？"

"邓某做不得主，他父母以及祖父母都在堂，还有三个叔父，分掌大权。"

"啊。"三和点着头。

"你想想，一不能结婚，二不能赡养，这种男友有什么用？白白糟蹋时间。"

"世琦怎么想？"

展云答："各人要求不同，世琦喜欢恋爱感觉，这邓灼明因为不大用脑子，是以时间与精力都比常人充沛，是个恋爱高手。"

展云咕咕笑。

她是人精，把世事看得如此透彻。

"可是他们家女长辈不喜欢女演员。"

三和轻轻说："是因为他们家男长辈太喜欢女明星吧。"

"你说得对，连他父亲及三个叔父在内，全与女星有过绯闻，现在轮到他了。"

"世琦知道这些吗？"

"我们都知道，她怎么不知。"

这时世琦扬手叫三和过去。

不知怎的，三和不想与邓灼明那样的人打招呼，幸亏屋子大，她躲到另外一个角落去。

忽然助手捧了小瓶装琵琶牌香槟过来："荣小姐，世琦到处找你，她今日订婚。"

"三和，你躲在这里？"

世琦终于找到她。

三和一边喝香槟一边看着世琦不出声。

"他出来了，"世琦说，"家里反对，他示威出走。"

糟糕。

意大利西装、德国跑车、法国香槟……这些开销，可由谁支付？

三和表情难看，五官全皱了起来。

世琦说："他暂时住我家。"

三和微笑："直至几时？"

"他家人若真不能原谅他，我也能负担一个家。"

三和点头。

"三和，不要悲观。"世琦拉起她的手摇两摇。

车子引擎声又传出来。

世琦说："他先回家休息。"

休息两字是工作的相对词，一个人没有工作，又何需休息？三和全不明白。

世琦又说："我们暂时不打算公布消息。"

"我明白，给他们邓家留些面子。"

世琦笑了。

整个现场并没有人恭喜她，她也不在乎，喜滋滋喝香槟，精神上她胜利了，斗赢男方家长，叫他们难堪，这段日子世琦一定受过邓家闲气。

到了收工时间，邓灼明并没有来接她。

王星维说："三和，百多瓶小香槟喝精光，大家都微醉，不宜驾驶，你送一送世琦。"

三和答应下来。

世琦在路上一直打电话，没人接听。

她神色不安，到了家，箭步上楼。

三和拉住她："我陪你。"

一到门口，只听得乐声震天。

推开门，看到大群年轻男女喧哗喝酒吵闹，把世琦清净简约的公寓变成一个杂乱肮脏的歌舞场：他们都喝醉了，有人呕吐，有人在地上打滚，有人接吻脱衣，还有人蹲在玻璃茶几上用鼻子大力吸白色粉末……

三和伸出手臂保护世琦。

一个年轻男子跌跌撞撞走到她们面前，用醉眼看了一会儿，笑说："有两个世琦，我一定喝太多了。"

说罢，咚一声跌在地上。

邓灼明呢？

他正搂着两个淘伴嘻哈大笑，根本没发觉杨世琦已经回来。

这时，管理员上来了："杨小姐，你回来啦，邻居举报你家喧哗，警告三十分钟之内你们不解散疯狂舞会，他们会报警。"

世琦不出声，三和陪她走向卧室。

有一男一女赤裸着躺在她的浴缸里，看见有人进来，不慌不忙，眨眨眼说："欢迎参观。"

世琦替他们掩上门。

三和轻轻问:"打算怎么样?"

世琦沉默。

"看样子,他很喜欢这一种聚会:无拘无束,尽情欢乐,你要有心理准备。"

这时,卧室门打开,邓灼明站在门口:"世琦,你回来了,朋友们都来庆贺我们订婚呢,出来唱首歌给他们听。"

他伸手去拉世琦。

世琦挣脱。

"世琦,别扫兴。"

他再去拉她,世琦躲到一角。

三和挡在前面:"邓先生,请叫你朋友离开,舞会已经结束,邻居即将报警投诉。"

邓灼明却讶异:"我在家晚晚举行这种舞会,邻居从无异议。"

当然,他独居深山大屋,邻居哪里听得到,这里却是大厦公寓,只隔一堵墙壁。

世琦用手掩住脸。

三和明白，世琦同她一样，忽然发觉根本不认识眼前这个人。

三和走到客厅，开亮所有灯。

"散会！"

管理员站门口，帮她逐个把客人赶走。

数一数，足足三十多人。

管理员说："希望这种事不要再发生。"

"你放心。"三和向他保证。

客厅像刮过台风似的，一地杯子酒瓶，一屋烟味。

三和打开所有窗户通风。

这时，浴缸里的那对裸体男女匆匆走出来，各自穿着世琦的浴袍，仍然若无其事，嘻嘻哈哈离去。

做人做到这样荒诞不经也是好事，说到底，私生活放荡又未伤害到公众。

三和急急清除所有可疑药粉药丸。

正以为事情已经摆平，邓灼明却大发脾气，摔起东西来。

他理屈但气壮："我的朋友来替我庆祝订婚，你却把他们赶走，这是存心驳我面子！"

三和不禁光火："邓先生，你讲完没有？"

他霍地转过身来，伸手去推三和，呵，动手打女人，罪无可恕。

三和一闪，手臂搭住他肩膀，使出柔道最基本一招，借力把他打横摔到地上。

邓灼明躺着怪叫。

三和叹口气："我走了。"

世琦追上来："不，三和，你等一等。"

只见她拿起电话，急急拨了一个号码。

"邓公馆？邓灼明在以下地址醉酒闹事，请听清楚，请你们立即来接他走，十分钟没有人来，我会报警。"

三和意外，呵，杨世琦头脑仍然清醒。

世琦放下电话。

那边，躺在地上的邓灼明索性睡着，呼呼扯起鼻鼾。

三和啼笑皆非："这可看清他的真面目了。"

世琦颓然："我才订婚十二小时。"

三和安慰她："总算试过，不枉此生。"

世琦想一想，忽然仰头大笑起来。

笑声有点狰狞，那么秀丽的女子，笑得那样凄惶，真叫三和难过。

三和轻轻说："也许，他只因为离家出走觉得彷徨，故此行为失常……"

世琦回答："也许，但是，我哪儿有时间来研究他的心理状况，也不会有精力原谅他，给他第二次第三次机会。"

三和不出声。

世琦说下去："我自己也不过刚学会游泳，我没资格做救生员，他若不愿努力浮起，我不愿被他扯下水底。"

终于搞清楚了。

这时，有人敲门。

三和看清楚，有一对中年男女站门口。

"我们是邓家的管家及司机。"

三和连忙说："请进来。"

他们立刻看到躺在大厅中央的邓灼明。

"哎呀，"女管家说，"大官你总是这样。"

可见不是第一次，也不会是第七次第八次，更无可能是最后一次。

杨世琦的决定完全正确。

孔武有力的司机扶起他，把他扛到背上，姿势熟练，一言不发，走出大门。

管家向三和致歉："对不起，打扰了，他打破毁坏了什么，请寄账单到刘关张律师行索偿。"

他们邓家已为子孙设计了一整套应付程序。

管家掩上门，与司机及邓灼明一起离去。

三和说："屋子里全是大麻味，你不如到我家休息，明天再找人来收拾。"

"收拾？需要重新装修。"

"也好，万象更新。"

世琦说："我不想打扰你，我去住酒店。"

三和陪她找到一家五星酒店，只有总统套房空着。

三和伸个懒腰："哎哟，累得走不动了，我就在客厅睡沙发。"

世琦微笑："三和，你真是好人。"

"什么？"

"你可是怕我自杀？"

三和不悦："我没那样说过，别把话硬塞到我嘴里。"

"你放心回去，我没有勇气伤害自己。"

三和拍拍她背脊："世琦，加油。"

"三和，你也是。"

三和回去。

到了家，只见杂工还在收拾酒瓶、拖地、扔垃圾。

订婚却已报销。

戏言。

儿戏。

戏弄。

人们形容不正经、荒诞、欠长久的诸事，都加一个戏字，可见戏行是多么飘忽。

# 伍·

原来，这不过是一个极之普通、天天在发生的故事，

就是因为这样，

所以才能引起大量共鸣。

电话铃响起来。

不知是谁，大概是王星维吧，活泼地把荣宅电话铃声调校成著名的恋曲：我如何开始，告诉你一个真诚的爱情故事……意外地讽刺，具喜剧效果。

三和轻轻问："哪一位？"

"三和，世琦怎样？平日文静的她忽然发起疯来，叫人担心。"

"星维，是你？多谢关心，她无恙。"

"我十岁的侄儿都比邓灼明成熟。"

"星维，你与世琦本是一对，你又那样关心体贴她。"

"三和，我俩情同手足，但是断不会走在一起。"

"你好像一早肯定。"

他没有回答。

"休息吧。"三和挂上电话。

更衣后，电话又响起来，再次唱起爱情故事。

三和以为仍是星维。

那边却是同事欧阳。

"欧阳，夜深了，有事明天再说。"

他不知在什么地方，可能是一家酒吧，异常热闹，杂声很多。

"三和，只说三句话。"

三和无奈："请快说。"

"三和，易泰与大家在酒吧庆祝骆主任四十大寿，他同我说，你拒绝他回头。"

三和温言说："已经够三句了。"

"不，三和，还有一句：我得知这个消息很高兴，三和，我可有希望？"

三和对他说："欧阳，大家是同事，朝夕相见，情同手足，切忌鲁莽。"

她挂上电话，顺手拔去插头。

可是三和也没睡好，隐约间她听到有人在楼下走来走去，搬动家具，低声商量镜头角度。

天未亮她起床下楼。

客厅当然空无一人。

她在厨房吃早餐时布景师来了。

"荣小姐，你在这里真好，周小眉叫我来，她说打扰了你那么久，由衷感激，过几天我们拍完这堂景，想替你重新鬏墙，你挑个颜色。"

她把样板摊开来。

三和斟杯咖啡给她。

"世琦可能也要找你。"

布景师笑："我一早已去过杨宅，不知怎的，公寓遭刑事毁坏，体无完肤，最可惜是一面古董莱俪水晶玻璃化妆镜，摔破了一文不值。"

三和不出声。

"不过，除了破碎的心，一切都可以弥补，不出三天，即恢复原状。"

"你们有本事巧夺天工。"

"荣小姐，你选哪个颜色？"

"照原来的白色好了。"

"荣小姐不怕沉闷？"

"不，我不怕。"

"那好，你放心，一切破损会替你修复。"

可是，墙壁已经吸收了他们的音影，声音在夜阑人静之际不知会否释放出来，影子不知会否走出来活动。

呵，开始胡思乱想了。

长假告终，回到工作岗位，做得贼死，想必没有时间扩展想象力，一切执念应声而倒。

稍后世琦与化妆师回来了。

纤丽身形，架着墨镜。

取下墨镜，才看到她一双眼睛布满红丝，分明一夜未能成眠。

这样一双受伤的眼睛，如何演戏？

化妆师微笑："不怕不怕，我有法宝。"

她取出化妆箱，摊开各式颜色的笔、大小毛扫及诸等色彩。

她有一支软膏，挤些出来，敷在世琦肿眼皮上。

接着，取出一瓶眼药水，替世琦滴下。

世琦眼眶含着那蓝色的眼药水打个转，说也奇怪，像变魔术似的，所有红色微丝血管即刻在三和视线下消失，眼白恢复明亮。

这时，多余的眼药水自眼角流下，化妆师连忙用纸巾去接，已经来不及。她用湿手绢去拭，可是那蓝色神奇眼药水抹不去，始终在脸颊留下两条浅蓝色泪痕。

这件事发生之后，世琦没有哭过，她很坚强地支撑，可是这一刻，泪印却刻在她面颊上，加上她苍白面色、空洞眼神，杨世琦像万圣节化装舞会中哭泣的娃娃，不但悲哀，且有丝诡异感觉。

三和转过头去，心中不安。

片刻，化妆师替她化好了妆，世琦抬起脸，一切哀愁被脂粉遮盖，再也看不出任何痕迹。

过去了。

总共才三十四小时，已是许多人的半生。

三和由衷佩服杨世琦。

就这几天了，拍完，他们要走了。

王老先生旧居已经挂"出售"牌。

经纪说："是荣小姐吧，千斤难买相连屋，不如一并置下，将来做发展用途。"

三和笑笑。

经纪见她带着四只大狗，不禁说："荣小姐爱动物。"

三和点点头。

她带犬走进公园，拍拍手："跟着我跑步，两前两后，明白吗？"

她不徐不疾向前跑，四只狗果然听她话，两前两后保护她。

在转弯处，她看见冰激凌小贩，停下，买了蛋筒与狗分享。

有人咳嗽一声。

三和知道那人不赞成她给狗吃冰激凌，她不出声。

刚预备带狗离去，那人又开口："可以说几句话吗？"

三和转过头去，她首先看见一只精神奕奕的大丹狗，不禁欢喜："你在这里，你叫什么名字？"

大丹犬认得她，过来招呼，三和摸它鼻梁。

它的主人问三和："王金潮老先生好吗？为什么这几天不见他，我认得这两只是他的狗。"

他认得王老先生。

他正是那日雷雨中帮三和脱险的年轻男子。

听到他问起王老先生，三和不禁泪盈于睫。

她轻轻说："我是荣三和，王先生是我的邻居，他不幸已不在人世。"

那年轻的男子呵的一声，退后一步。

他显然十分意外。

三和无奈："他的家人不打算领养他的狗，现在由我照顾。"

他怔怔坐在长凳上。

三和说："我也很怀念他。"

他点点头，这才想起自我介绍："我叫文昌，住在竹园路。"

三和点点头。

隔一会儿他说："最好不要喂它们吃蛋糕或冰激凌。"

三和低声说："我明白，可是——"

他接上去："生命无常，先吃甜品。"

三和破涕为笑。

他站起来："我还有点事，先走一步。"

三和站起来往另外一头走去。

走到一半，忍不住回头看，正好，文昌也转过头来看她，两个穿白衬衫卡其裤的年轻人视线接触。

他又走近三和。

"明天同样时间，在这里见面，你可方便？"

三和点点头。

"王先生——"他有点哽咽。

他终于又一次向三和道别。

回到家，三和看到前所未见的混乱场面。

屋门口停着警车、救护车、拖车，及记者采访车辆。

还有，那辆鸥翼跑车又回来了，这次不是停在路中央，它分明铲上人行道，撞入栏杆，直抵大门，一路毁坏，木条玻璃破碎，撒落一地，像被炸弹炸过的战区。

三和目瞪口呆。

警方已经赶到，肇事者已被押走，可是跑车仍然横在门口。

连大门都被撞凹，不能开也不能关。

三和遇事比常人镇定，她心中已有分晓，这一定是邓大官遭仆人抬走后深觉不忿，睡醒后前来寻仇。

只见周小眉满头大汗出来："三和，你回来了，请你包涵，双方律师都在这里，请里边说话。"

三和不发一言，神色不变。

周小眉暗暗佩服。

她自后门进屋，只见工作人员已经离去。

三和问："世琦呢？"

有人抱着胸出来怯怯说："这里。"

三和走近她："世琦，我想你知道，这事与你无关，你不要自责。"

这时有人冷笑一声。

原来是何展云。

她说："有人踏尽油门把车撞入民居，一次不够，把车倒后，再撞一次，全屋震动，他是想同归于尽，这难道是冲着我来？不关世琦事，又关谁的事？你们样样护着世琦，宠得她五谷不分。"

周小眉连忙拉开展云。

世琦颓然："三和，对不起。"

"他有否受伤？"

"额角需要缝针，左臂折断。"

"可以活下去就没问题。"

"三和，你真豁达。"

周小眉叫她："三和，这里。"

邓家律师用快高速度草拟赔偿书。

"荣小姐，这只是一宗交通意外：汽车失事，司机失却控制，毁坏民居，我们愿意负全责，请看看这个数字是否恰当。"

三和一看，为免世琦难做，立刻签下名字。

"荣小姐大人有大量。"

"荣小姐明白事理，够涵养够修养。"

"我们出门遇贵人。"

说过好话，大家松一口气，律师们走了。

周小眉苦笑。

"难怪起先你不愿借出住宅拍电影。"

跑车已被拖走，警车也已离开，工人即时更换门窗，工作效率一流。

"那疯子一直大喊：'杨世琦，出来玩，杨世琦，出来玩。'世琦不去理他，他就用车来撞，一次不够就两次。"

三和轻轻说："真刺激。"

"他分明受药物影响。"

门外仍有记者徘徊。

"拍戏进度受阻，导演气得一走了之。"

三和说："世琦，你暂时不能离去。"

展云又插嘴："外头记者说不定还以为是我惹事呢。"

世琦用手掩脸。

三和说："世琦你万幸呢，早日发觉早日得救，耶稣给你送大礼。"

三人叹息一声。

工作人员给她们拿了一壶热咖啡进来。

她们坐厨房后的太阳室休息。

三和捧着咖啡，忽然发觉杯子里有灰尘浮沉，她用手指去拨。

这时大富大贵进来团团转。

三和微笑同狗说："是，那人真讨厌，我知道。"

展云问："再多养两只，又叫什么名字？"

三和笑："名字多着呢，像大材小用、大智若愚……"

她发觉仍有灰尘落杯子里。

她忽然醒觉，抬头看向天花板，这一惊非同小可，只见吊灯附近泥灰纷纷落下，墙角皲裂，世琦与展云两个人却懵然不觉。

原来大富大贵是前来警告主人。

三和大声叫："快逃！"

来不及了。

太阳室一角支柱已被跑车撞松，渐渐歪斜，终于承受不住屋顶重量，到这个时候塌下来。

三和丢了咖啡杯，一手拉一个，没命逃生，说时迟那时快，大片批荡落在她们身上，三人大声尖叫起来，跌在门口，滚向草地。

脱险了。

不到一秒钟，整个角落塌下来，正是刚才她们坐着聊天喝咖啡的地方。

她们惊呆了。

三人愣愣坐在草地上，满头满脸是灰，手臂有擦伤之处淌血。

三和定定神大叫："大富大贵！"

两只狗奔出来，幸亏都没有受伤。

这时，她们听见王星维的声音："三和、展云、世琦，你们在哪里，快扬声答应。"

她们三人满脸灰，你眼望我眼，忽然之间大笑起来。

王星维找到她们，既好气又好笑。

"快随我去私家医院验伤。"

三女笑作一团。

王星维顿足："越来越离奇，怎么会发生这种事，苏冬虹的生花妙笔都编不出来。"

三和扭了足踝，这时才觉得痛，王星维索性背起她。

一行四人到了私家医院急诊室，星维仍背着三和，他叫其他两个："展云、世琦，这边。"

没想到世琦严肃地说："我是第一女主角，你叫名，我排行在先。"

展云气极，伸手推她。

世琦反击，她们在医院大堂半真半假打了起来。

这时一个年长看护板着面孔出来说话："医院重地，不准吵闹。"

四人这才乖乖坐下。

三和让星维背着，不知多舒服，她不愿落地。

三和把头靠在星维肩上，星维问她："可痛？"

展云气说："他只关心三和一个人。"

星维反唇相讥："你们这两只妖精太会照顾自己。"

世琦重复："妖精……"忽然大笑起来。

展云冷笑："真的疯了。"

那老看护又过来骂："争风吃醋，伤风败德。"

四人更笑得落下眼泪。

终于医生来诊治她们。

些微擦伤均无大碍，三和足踝敷了药亦无大恙。

他们一起出院。

三和笑说："怎么办呢，家都塌了。"

星维答："先回去看看，真不能住，到我处休息。"

展云指到他鼻子上："你倒想。"

三和不禁问："你们三人，到底是朋友呢，还是敌人？"

世琦想一想回答："再要好的朋友，还没有我们亲密。"

"那多好。"

"但是，再坏的敌人，还不如我们刻薄。"她又哈哈大笑。

三和无话。

回到家里一看，只见十多人一起开工修理。

太阳室只塌了一角，已用蓝胶布围起，不下雨就很好，邻居不过以为大装修。

撞毁的门窗都已换妥，屋子仍可居住。

三和松口气。

她问："那一角屋顶几时可以修复？"

"我们打算将整个太阳室重做，用玻璃天窗，大约三日可以完工。"

三和点头，这倒是新奇。

装修师也笑："荣小姐，以后一百万也不允出借地方拍戏。"

蒋小弟也赶来探访。

"三和姐，我是罪魁祸首，你不是给我妈面子，也不会借出地方。"他满头大汗。

三和轻轻说："可是，我得到一群朋友。"

蒋小弟莫名其妙："朋友，何处来的朋友？"

"世琦与展云她们呀，我们很谈得来。"

小弟瞪着眼，忽然大笑起来。

"小弟，你笑什么？"

小弟静下来："三和姐，你好可爱，她们与你亲密，作不得准，那不过是演戏彩排，真情一样，但不往心里放，你明白吗？"

三和不出声。

"她们人生如戏，戏如人生，走到哪里，演到哪里，演罢此处，又去那处，你当是娱乐好了。"

三和忽然明白："是，是，大家说说笑笑，高兴过一段日子，也还了心愿。"

"可不就是这样。"

"小弟，我知道，你放心。"

"尤其是王星维，你莫同他太亲热，也不宜与他私底下约会，你需保护自己。"

"小弟，你不会有偏见吧。"

"我与他们同行，当然偏帮他们，已经把他们形容得很好。"

三和点点头。

小弟一走开，她不禁黯然。

他们的热情即使不能持久，在这段失意的日子，也给荣三和好好做了伴。

三和经过一日折腾，累极入睡。

楼下即使有装修师傅，也没把她吵醒。

第二天醒来，下楼看见周小眉在视察装修进度。

"三和，我们幻影制作再向你致歉。"

三和摊摊手。

走近太阳室一看，工人正装镶玻璃屋顶。

三和又觉得满意。

"你放心，他们手艺一流。"

"我是因祸得福了。"

周小眉说："这场戏在这一两天就可以完工，你生活可归宁静。"

"我会依依不舍。"

"看得出你与他们相处融洽。"

"周小姐，有一件事想请教你。"

"三和你别客气。"

"请问：可以与星维约会吗？"

周小眉一怔，看着荣三和，过了一会儿才问："三和，你想得到什么？"

三和坦然回答："快乐。"

"什么样的快乐？长远的温馨，还是短暂欢愉？"

三和微笑："世上有恒久的快乐吗？我不至于那样愚蠢。"

"那么，你渴望男欢女爱，不期待结局。"

"可以吗？"

"需付出昂贵代价。"

"真讨厌，"三和颓然，"世事永远这样。"

周小眉接上去："牛顿第三条定律——每一个动力，必引致相反动力。"

三和抬起头来微笑："你们真的有趣，天南地北，无所不知。"

"那样炽热的一个人……你会受伤，全身皮肤若七成受三级灼伤，便不能救治。"

三和答："明白了。"

"可是，你总见过晚上营地里的灭虫灯吧，那些飞蛾不顾一切扑上去。"

三和问："你呢，你会怎么做？"

周小眉回答："我不会觉得享受，我会看不起自己，我的毛病是自视过高。"

"你不喜欢王星维？"

"我没有那样说过。"

她看看时间："我得回公司去了。"

"多谢你的时间。"

周小眉转过头来："你不会做我，我全无人生乐趣。"

三和过去搭住她肩膀："你有事业，我打探过，本市过去三年共有十部最卖座影片，你监制的占了四部。"

周小眉展露笑容。

她走了之后三和站着看工人工作，他们要快起来效率一流，眼看就可以完工。

然后，三和忽然想起她有约会。

塌楼之后什么都忘记了。

三和带着四只狗扑出门去，奔到约会地点公园门口的长凳旁，已经过了大半个小时，人迹渺然。

三和既气喘又懊恼，腿都跑软了，蹲着回气。

三心二意全无好结果。

无端端与周小眉讨论无聊事，丢了眼前约会。

她若真的喜欢王星维，一早舍身成仁，还用向人讨教呢。

走了，文昌知道她没有诚意，已经走了。

三和与四只狗坐在长凳上发呆。

冰激凌小贩经过，三和叫停他。

她买了冰激凌与狗分享。

忽然听见有人说："喂，不可喂狗吃甜品。"

三和惊喜，回头看去，说话的人，却是一个老气横秋的小男孩，七八岁的他直斥三和不是。

三和问："你也养狗？"

"我爱狗，所以不养狗，我要上学，没有时间亲自照顾它们。"

哗，道理那么多。

三和问："可要吃冰激凌？"

"我在节食，胖小孩会变胖大人，有碍健康。"

三和看着他，忽然问："你快乐吗？"

那小子答："我很快乐。"

"那很好，多谢指教。"

三和牵着狗离开长凳。

这次失约，不知又要到几时才能见面。

回程时想：循规蹈矩的周小眉不快乐，可是事事不越轨的小男孩却很开心，何故，必定是一个不情愿，一个自愿。

三和带着四只狗到宠物店剪毛，她捧着杂志阅读静候。

一小时后四只狗漂亮地跑出来。

接待员微笑递上账单："它们全是你的狗？当心找不到男朋友，小姐，男生很怕女朋友养狗。"

三和微笑："总有志同道合的人吧。"

"那该要多大的房子呵。"

三和领了狗回家。

装修工人迎出来:"荣小姐,你来看看可满意。"

只见玻璃屋顶已经做妥。

"我非常满意。"

"荣小姐真随和,很少女子像荣小姐这般绝不挑剔。"

三和只是笑。

"呵对,刚才有人来找你。"

"谁,几时?"

"一个多小时之前有个姓文的年轻男子,很有礼貌地问了几句,我同他说起昨日撞车之事。"

"人呢?"

"他说有事,先走,过两日再与你联络。"

三和呵一声。

"是你男朋友吗?"

管工过来叫他:"老王,不关你事,还不工作。"

他唯唯诺诺走开。

只见各人进来收拾杂务，朱天乐撑着腰，打量面目全非的现场。

他叹息："你看，现在这栋平房多开心，雨过天晴，玻璃屋顶，满室阳光，生机盎然，同先前的忧郁全不一样。"

被他一说，三和觉得果然如此。

"先头墙角黄黄，像一张憔悴面孔，今日一经油漆，光洁亮丽，气氛明快。"

三和担心："戏拍完没有？"

"只剩几个镜头，可以搬到角落拍。"

他坐下来。

自然有助手捧来一杯茶。

"本来早就可以拍妥，没想到发生那么多事。"

"对，导演结婚了。"三和提醒他。

"可不是，"朱天乐咧开嘴笑，"原来我俩十分适合婚姻生活，有说不完话题，每晚看经典名作到天亮，批评赞美，不遗余地。"

"那多好。"

"可是，全无工作的冲劲，几乎想退休，搬到热带小城居住，蕉风椰雨，以度余生。"

"冬虹也这么说。"

"你看，婚姻的破坏力多强。"

三和看他不断巡来巡去。

"这间屋子的风水全部改变了，多谢那撞车疯子。"

"那疯子好吗？"

"已被家长送到美国严受监管。"

"他对世琦像是真心。"

导演笑了，扬扬手。

有人搬了一盆藕色牡丹花进来："是星维送给荣小姐。"

又有人抬一面鹅蛋形水晶玻璃镜子上楼："世琦说，她找到两面一对镜子，拆散可惜，故此送荣小姐一面，挂浴室里。"

要走了，纷纷赠礼告别。

朱天乐笑:"三和人缘超卓。"

"还有几个镜头?真不舍得。"

"那么,我大可拖长来拍。"

"之后,移师何处?"

"之后,我们去檀香山拍外景。"

"啊,多意外。"

朱天乐笑说:"新编剧觉得女主角应往檀香山寻亲。"

"谁,是世琦演那角色?"

"你别说出去,是何展云,我觉得她像是忽然开窍,演技与外形都到达理想水准,我对她完全改观,她会脱离花瓶阶段。"

三和点头:"我们普通女子却不知多想做万男敬仰的花瓶。"

"三和你真谦逊。"

背后一个声音传来:"三和,我们全军撤退,你才有觉好睡。"

三和笑:"导演太太意见多多。"

是苏冬虹来了，奇怪，短短几日，她胖了许多，皮肤也较为白皙，笑容满面，信心十足，可见心想事成、得偿所愿对一个女子来说是多么重要。

"把片段放给三和看一看。"

冬虹取出随身带着的小小放映器，打开四乘三英寸荧幕，递到三和面前。

三和笑："小电影。"

片段没有音响，也不需要对白，已经粗略地顺时间剪接妥当，在小小荧幕上，三和看到三个主角为感情纠缠，世琦他们三人在镜头下俊美得叫人心痛，观众心不由主地关怀同情他们的遭遇，把他们的情欲揽上自身，如同身受。

三和对这个故事太熟悉了，她看得泪盈于睫。

只见世琦拉住星维的袖子，因为他已不愿伸出手来，可见编剧真是细心。

三和记得她也一伸手只拉到易泰的衣角，她心死了。

原来，这不过是一个极之普通、天天在发生的故事，就是因为这样，所以才能引起大量共鸣。

片段停止。

三和抬起头来："只得这么多？"

"还有许多落在剪片室地下。"

三和查问："拍了近一个月，只得十分钟？"

苏冬虹笑："幸亏她不是老板，这种口吻吓死人。"

朱天乐解释："还有一个版本，添加世琦在一旁看着她的感情故事演变，终于醒悟：花开花落、月缺月圆，不过是人生常事。"

三和只觉荡气回肠，黯然神伤。

苏冬虹说："三和你觉得感动，其他观众想必会有同感。"

真没想到这一编一导，有如此功力。

三和低声说："三个主角均有美丽得令人不置信的眼睛。"

"这三位都会有锦绣前程。"

冬虹说："我比较担心世琦。"

导演说："世琦会得保护自己。"

"她弱质纤纤……"

导演笑："三和，那便是世琦的护身符。"

三和这才明白过来："啊。"

助手摆了一张小桌子在他们面前，端茶水过来，还有大盒巧克力冰激凌。

苏冬虹舀一匙到嘴里："冰激凌是上帝赏赐人类的救赎，吃一大球，可抚平伤痕及悲恸。"

"可是失望随后又来。"

"再吃呀。"

他们都笑了。

"三和，我俩诚心邀请你到夏威夷群岛来参观拍摄。"

三和心动。

但是理智瞬息战胜了欲望。

"我的长假将告结束，我必须回到工作岗位。"

"呀，多可惜。"

导演鼓励她："三和，跟我们走，你不会失望，我给你一个职位，你当我秘书好了，实际上什么也不必做。"

"那更不好意思。"

冬虹说："让三和考虑一下。"

导演惋惜："所有循规蹈矩的人年老时一点回忆也没有。"

可不是。

他俩双双离去。

装修工人过来说："荣小姐，太阳间油漆颜色搞错了，竟不是纯白，带些淡绿，你来看看，如果不喜欢，立刻改过。"

三和进去一看，果然，白中隐隐带些薄荷色，阳光下十分好看。

三和说："我不介意。"

"那我们继续髹。"

这时，电话铃响了。

又是那欧阳，三和正想找个借口挂断，他却说："三和，你可记得大学有个卖物会？"

三和毫无印象。

"三和，我发现了一箱宝物，已替你留下，你要不要过来看看？"

"卖物会在何处举行？"

"在甘仁堂空地。"

"我马上来。"

三和似有预感，她驾车到大学门口，欧阳已在等她。

他很兴奋。"幸亏我来得早。"他把她带到某个摊位上，"这一列专门卖旧书，看我发现了什么。"

他指着一只原本放方便面的大纸箱。

三和一看就认得。

"三和，你不是最喜欢立体图书吗？这一整箱都是宝物，九成新，找都没处找，整箱只要价一百元，像送一样。"

三和自盒子里取出图书。

不错，这正是易泰送出之后又取回结果还是被丢出来的立体书。

他也终于明白了，多好。

三和微微笑。

"我已替你买下来，我帮你搬上车子。"

这时，一个小女孩飞奔过来："慢着，姐姐，这箱书是我的！"

三和尚未开口，欧阳已经与人家争起来："小妹妹，我已经付了一百块，书是我的。"

那漂亮的小女孩快哭了："我先看见，我回去问爸爸拿钱，才被你抢了去。"

后面传来声音："我愿付两百。"

小女孩叫："爸爸。"

三和笑了："小妹你喜欢立体图书？"

小女孩点点头。

她父亲爱女心切："我可以出到五百。"

三和想一想，问欧阳："这箱书归我？"

欧阳答："当然。"

"欧阳，我会报答你。"

欧阳腼腆脸红："三和，千万别这么说。"

三和招手："小妹你过来。"

小女孩走到她面前："我叫郑晶。"

"郑晶你听着，我把这箱立体书送你，你需好好
保存。"

小女孩大喜过望，跳了起来。

她父亲说："这怎么好意思。"

三和笑："还不抬走，别等我改变心意。"

父女立即笑着捧走了那箱书。

欧阳怅惘不已。

"你的好意我只有更加心领。"

欧阳把手插在裤袋中，有点无奈。

三和问："你可知道这箱书的来历？"

"档主说由易泰捧来卖。"

三和笑了，他其实什么都知道。

欧阳说："可见你们之间真的完全过去了。"

三和不出声。

"不过，我却不是那个新人。"

啊，欧阳并不是笨人，他一向对她倾心，是以手足无措，显得拙劣。

三和轻轻答："是我没有福气。"

这并不是假话，欧阳会是一个好伴侣。

那日阳光很好，参加卖物会的人也多，纷纷向他们招呼。

"三和，我将赴麻省理工做一年研究。"

三和意外："哗，麻省理工，恭喜你，回来身价百倍，大学一定把你当神主牌供奉。"

"三和，丑男只得勤工。"

三和诚恳地说："欧阳你不丑，况且，男子以才为貌，二十年后，大家人老珠黄，势必头秃肚凸眼花，还是才华可靠些，连时间之神都不能夺走你的专业知识，你会一日比一日智慧博学。"

好话谁不爱听，欧阳整张脸松弛下来，像喝了香槟般舒心，半晌才说："谢谢你，三和。"

"不客气。"

"三和，有时间与心情，请到麻省理工造访。"

"我从未到过这间一级神秘学府，传说它实是美国国防部及太空计划分署。"

"你别轻信谣言，不妨自己去看个究竟。"

三和说："有机会一定去。"

他与她握手道别。

三和驾车回家中。

她一眼看到王先生旧居门口站着好几个人，其中一个正是房屋经纪。

是来看房子的人吧，不知可有成交。

一个小男孩跑出来。

三和与他一起叫出来："是你！"

经纪转过头来："你们认识？"

三和伸手出来："我叫荣三和，是你们邻居。"

那老气横秋小男孩答："我是陆家宝，我们下月搬进来。"

三和笑：“你是陆家的宝贝啊。”

小男孩受到取笑，自尊受损，哼了一声，不再言语。

那对年轻夫妇对这一区居住环境十分满意，三和不知经纪可有老实把前屋主的事告诉他们。

“很高兴认识你们。”

那年轻太太却踏前一步：“荣小姐一个人住？”

三和轻轻答：“是。”

“你家装修师傅真能干，看样子人也老实，可否介绍给我？”

“你请过来亲口与他说好了。”

那陆太太又问：“荣小姐你独身未婚？”

三和想一想，忽然发牢骚：“没人要呢。”

陆太太立刻说：“哪里的话，是荣小姐眼光高，这事包我身上。”

三和不禁笑出声来，看样子新邻居会同王老先生一般热情。

三和让她同装修师傅好好商量。

她斟一杯茶给客人，稍后又带她参观上下两层住所。

陆太太称赞说："地方十分雅洁。"

又走近那面水晶玻璃镜子："这面镜子真漂亮，咦，是古董莱俪，好不名贵。"原来是识货之人。

"朋友送的。"三和对如此奢华有点内疚。

陆太太又试探："是男朋友吗？"

"不，是女友，"三和答，"这年头，女子有经济能力，又有审美眼光，时时互相馈赠。"

陆太太点点头："说得好。"

"陆太太你需要什么尽管过来拿。"

"远亲不如近邻，我不客气了。"

他们走了。

三和十分喜欢那古灵精怪的陆家宝。

转过头来，看见何展云走进来。

她没化妆，梳马尾巴，穿白衬衫与窄牛仔裤，却配双鲜红漆皮极细高跟拖鞋，手中拿着一张画，嘴里嚼口香糖。

三和最讨厌女子抖脚，以及吃口香糖，还有，当众补粉抹唇照镜子，可是何展云的轻佻是一种风情，任何不合理的举止由美人做出来，均变得可以接受，所以美人是美人。

"我给你送礼来。"

"你也学他们。"

"跟风嘛。"

"送我什么好画？"

展云把礼物拆开。

啊，原来是一张大照片，是所有工作人员的合影，连茶水档工人在内，在后园阳光下拍摄，且每人都有签名，由朱天乐题上"荣三和我们爱你，友谊永固，《这样的爱》工作人员敬赠"。

原来这出戏终于有了名字，叫《这样的爱》。

照片内展云横卧在草地上风情万种，杨世琦端坐高凳上头顶戴着假水钻皇冠，两个人都十分趣怪，三和笑起来。

哎呀，她忽然看到王星维穿着蜘蛛侠戏服。

"照片在什么时候拍摄？"

"趁你外出。"

"冬虹呢？"

"这里，背脊朝我们，背着天使翼的是她。"

"哈哈哈哈。"

"三和，我们不舍得你。"

"周小眉穿着长靴拿着皮鞭。"

"当然，她是监制，鞭策大家。"

"谢谢你展云。"

"不用客气，三和，我可以借你书房一用吗？我约了一个人到这里见面，避记者耳目。"

"当是自己家里好了。"

这样可爱有趣的照片世上无双，三和爱不释手。

只见朱天乐身上挂一面牌子，标明"导演"二字。

连四只狗都蹲在角落成为客串巨星。

三和郑重把照片捧到楼上。

挂什么地方好呢，她踌躇，书房还是会客室？她不想炫耀，可是她也想时时看到照片。

这样可好，不如复制一张略小的，缩成十乘八，可放在书桌上。

决定了，三和十分高兴，把大照片放进衣橱阴暗角落保存。

再下楼来，不见展云，只听见书房里有人低声说话。

一男一女，女的正是展云。

这是三和的家，对话传入她耳朵，不得不听，听亦无妨。

那男子说："一切都准备好了，你答应一声，便可以结婚。"

结婚？

展云从来没说过要结婚，莫非口是心非。

三和索性端把椅子，坐在书房门口细听。

工人还差一面墙髹完就可以完工，所有倒塌破碎部位已全部修复，一点痕迹也看不出来，真是奇妙。

客厅里散发着牡丹花甜入心脾的浓香，三和公然坐着一边喝香片茉莉茶一边窃听私语，不亦乐乎。

装修工人也在闲聊："……如今小孩读书真不容易，书本、笔、电脑、车费、午膳、校服、球鞋，还要娱乐费。"

"我们小时候的消遣是挨打。"

"或是帮二叔开工。"

"他们是快活得多了。"

"是吗，但三十年前从未听说有小孩跳楼。"

"你这话有道理。"

书房里一对男女关心的是另外一个话题。

只听得展云笑着问："无须条件，说声好就可以踏入你家大门？"

"展云——"

"有条件可是？"

"你向八十老人交代几句不是难事，以你的演技……"忽觉不妥，收嘴已经来不及。

"嗯，"展云答，"我的演艺还未拿过金奖呢。"

"你朝老太太解释一下不就行了。"

"解释何事？我自幼家贫，贪慕虚荣，出卖肉体，拍摄裸照，至为卑贱，现在愿意改邪归正，发誓永不再犯，否则天火焚身，不得好死，可是这样？"

三和微微笑，但又忍不住叹气。

正以为男方会知道过分，即向女方道歉，事实却出乎意料。

男方居然说："对，就那样好了，一个字也不用改，你低头流泪朝她忏悔。"

"可需下跪？"展云继续调侃。

"我给你找一个软垫。"

展云绽出一连串清脆笑声，难得她绝不动气。

"你穿素色衣服，别化妆，头发扎起，诚心告诫，她一定心软。"

展云过一刻才说："老祖母在你宋家，是个重要人物吧？"

"父母亲尚且敬畏她三分，她掌祖父遗产。"

三和心想：第一女主角与第二女主角都遇上不能自
主的软脚蟹（指怕事、无能之人），可笑可叹。

"老人贵庚？"

"家里不准提，怕邪恶神灵听见妒忌，把她带走，
我想不止八十了，也许九十。"

"令尊又几岁？"

"下月六十大寿。"

"你呢？"

"展云，你明知故问。"

"你几时离开宋家，独立生活？"

那男子像听到最奇怪的话一般："我姓宋，我是宋
家长孙，我为什么要离开宋家宅？那是我的家，大宅将
来由我承继。"

"多久之后的事？"

"展云，你别急好不好？"

"宋子顺先生，待你老祖母百年归老，又轮到令尊大人当权，届时你已六十，还得听令于他，你家又有长寿遗传，人人活至耄耋，谁进入宋家都似判刑五十年。不，不，谢谢你。"

"什么，不？"

"是，不。"

三和听到这里，不由得鼓起掌来，啪啪啪，异常响亮。

展云听见，探头出来，见是三和，不由得笑。

"三和，请进来。"

那小宋先生瞪目："你是谁？"

三和答："我是屋主。"

"屋主？真有人住这里？这里不是一处布景？"

三和笑答："不，宋先生，我们住在一个真实的世界里，你的女友有一份好职业，收入丰厚，无须向任何人认罪悔改，戴罪立功。你家富裕，她家也不差，她若要享受悠闲，也可以立刻休息，她不是弱女，你亦非强人。"

小宋先生震惊："你怎可代替展云说话？"

三和说："我在我家里，我喜欢说什么都可以。"她笑嘻嘻："所以我们都要先把经济搞起来，以免在人檐下过，每日需低头。"

"我从未听过女人这样说话！"

"什么都有第一次，宋先生。"

宋子顺怒气冲冲地走了。

展云摊开手："三和你骂走了我的男友。"

三和说："这种男友要来做甚。"

"他家三代开珠宝店，看到这颗粉红钻没有？免费借戴，出外应酬，光芒万丈，众女羡慕，现在？只好戴麻绳。"

三和轻轻说："一箪食，一瓢饮，在陋巷，人不堪其忧，回也不改其乐。"

"去你的，你父母供你大学毕业，又给你一幢独立屋做嫁妆，你才能不改其乐。"

"这种户头你是很多的吧，这个讨厌，换一个好了。"

"那也很累，渐渐我的皮相也松弛了。"展云摸着脸颊。

"宋家真想你跪神主牌前忏悔？"

"说说而已，他们要我知难而退。"

"现在得偿所愿。"

"那么，"展云问，"钻石可要退回去？"

三和探向前去看那颗拇指大粉红心形钻石，真未曾见过那样好看俏丽的首饰，原来细细白金项链上还点缀着黄钻与蓝钻，价值连城。

三和问："你说呢？"

她笑嘻嘻，把项链收到衬衫里去。

"三和，你担心归宿吗？"

"早两三年异常挂虑，现在不大去想它。"

展云答："我也是。"

这时又有人敲门，三和问："这会是谁？"

展云说："我还约了人。"

三和说："啊，你们好好谈。"

"不，三和你陪我。"

"为什么？"

"这人是我生父，许久未见，我不知怎样与他说话才好。"

原来这一场才是主戏。

三和问："多久未见？"

"十岁至今。"

"展云，你没有义务再见他。"

"他联络到我经纪人，说要见我。"

三和说："展云，你应采取三不政策：不接触、不说话、不付款。"

"你怎么知道他想要钱？"

三和看着她。

"你说得对。"

"你不认识他，他不认识你，此刻巴巴找上来，你说是为什么？"

又传来敲门声。

三和笑笑："我把你都教坏了。"

陆·

四只狗。

一个女孩子，

多么寂寞，

她去开门。

门外两个男人，一个中年，一个少年，相貌还算端

正，衣着普通，可是鞋子脏旧，露出破绽。

"何展云小姐约了我们。"

"请进来。"

三和亲自斟茶。

少年问："有汽水吗？"

中年人瞪他一眼，少年静了下来。

三和不出声，到厨房取出多种汽水，又添两只加冰

的杯子，索性一不做二不休，烘热一个意大利薄饼，放

在托盘上一起捧出去，示意少年到一角享用。

这时，展云出来了，坐在中年男子对面。

那男子对女儿说了一句很奇怪的话："没想到你那么年轻。"

展云不出声。

他又说："我看过你的戏，他们说你现在很红，是真的吗？"

这种话，连三和都觉得不知如何反应。

他忽然笑了，嘴角扯高，眼睛弯弯，真诡异，面孔像是忽然年轻了十年，苦纹饿纹变得浅淡，噫，赔笑脸呢。

"那么，"他说下去，"你生活应该是没有问题了？"

三和觉得此情此景，这种对白，都不是任何一个天才编剧可以写得出来。

观众会骂：搞什么鬼，生父说女儿你真年轻，失散多年犹如陌路，忽然问生活有无问题，真人会这样说话？

原来在戏中没有的对白全会在现实中出现。

一角，那少年老实不客气据案大嚼，面皮老老，肚皮饱饱。

他父亲叫他："小辉，过来见姐姐。"

小辉走近，中年男子说："这是我后来妻子生的孩子。"

展云仍然一声不响，面无表情地坐在那里。

那男子没料到她毫无反应，有点意外，继续说："我记得你叫小云，怎么会姓何呢，我明明姓尤。"

展云还是不说话。

男人终于说出他的企图："你若是有的话，就拿点出来。"

这时，何展云忽然站起来，走上楼去。

三和张大嘴，呵，这可叫她怎样打发这两父子？

救兵来了，想必由展云召来。

只见副导演带着助手进来："展云呢？"

"在楼上。"

"导演有急事找她。"

三和乘机说："可有车子？请载这两位尤先生到

市区。"

副导演即刻说："两位请。"

那少年拿着汽水罐依依不舍看着吃剩的薄饼。

两位尤先生被司机硬接了走。

三和松口气。

何展云坐在楼梯上，额角抵着栏杆。

三和坐到她身边问："你怎么不说话？"

展云轻轻答："我并非感触伤怀哽咽无法启齿，我是词穷，叫我如何与这种人对话？"

"展云，是否我们过度势利，看不起他贫穷？"

"不，三和，我们鄙视他为人。"

三和点头："这样我略为好过。"

"你说得对，不应接触，不过，见过才会心死。"

"他没想到会空手来，空手回。"

展云这样说："被那样的人知道，有一个地方，可以无条件取得大量现款，是非常危险及不智之举。"

三和长长叹口气。

幸亏她们都会照顾自己。

三和露出一丝笑意："你本名叫小云？"

她点点头："有一个导演嫌小字孩子气，他说云遇风时会卷起一堆堆，十分壮观，便叫我展云。"

"你母亲姓何？"

"也不，这何字很容易写，方便签名，我便到生死注册处改了名字，以后都叫何展云。"

三和说："我知道了，假使我再养狗的话，便叫大红大紫，同你一样。"

展云笑出来："多谢你借地方给我见他们父子。"

"不客气，过了明日，限期已至，布景便关闭了。"

"是，我们会到夏威夷群岛的卡霍奥拉韦岛去继续拍摄，导演说会叫我站到火山口附近取景。"

"那真得有点心理准备，当心长发受热力卷起焚烧。"

展云笑："我只想使自己像火神佩莱[1]那般，穿蝉

---

[1] 火神佩莱：夏威夷神话中的女火神，同时也是火山女神。

翼薄衣站立在猩红色熔岩之前，背后热力回射，乌云密布……再辛苦也值得。"

三和怀疑："与剧情有关吗？"

"管他呢，好看不就得了。"

两个人笑起来。

何展云像是一下子把身世抛开，忘记见过尤氏那两父子。

她走了以后，三和还是忘不了那中年男人在多年不见女儿之后说的话："你若是有的话，就拿点出来。"

大家都肯定何展云有点办法，但，那是维持她些微剩余自尊的救命索，拿出来，下一次有急事，她或许又必须拍裸照。

而这种事，也不是年年可以做，即使搁得下脸皮，也未必次次有观众入场。

展云知道应该怎么做。

你若嫌她恶浊，那是因为你未试过像她那般沦落。

三和长长吁出一口气。

这时，装修工人已经完工，陆续离开。

屋内焕然一新。

仍然没有多余家具，客厅空荡荡，可以踩自行车，但是，正如朱天乐说，抑郁气氛已一扫而空，阳光普照，暖洋洋，使三和留恋室内。

四只狗走到她身边轻轻蹲下。

三和把头靠在它们身上，又不自觉叹一口气。

邻居王宅已经售出，只见工人进进出出，搬出杂物扔进垃圾车载走，一件不留。

洋人搬家喜欢摆出来大平卖[1]，废物利用，一元五角即有交易，时有幸运者捡到古董，但华裔不屑做这种事，杂物全部扔掉。

三和坐在窗口看他们工作到太阳落山。

第二早乒乒乓乓又来了。

三和牵狗到公园门口等了一朝，不见文昌，也不见

---

[1]　大平卖：粤语俗语，意为大甩卖、便宜卖。

那古灵精怪的小孩陆家宝。

一次失约，他已失望。

换了是荣三和，也会这样。

越是自爱，越怕丢脸，越是拘谨。

没有付出，自然也没有收获。

冰激凌小贩来了又去了，丢下问话："小姐在等谁？"又添一句，"不要等他，叫他等你。"还有，"有人愿意等的时候，不妨叫他等。"

哗，像个恋爱问题信箱主持，叫三和刮目相看。

但是她笑不出来。

白等了一朝，脖子都僵硬了。

她拖着狗回家。

当天下午，工作人员捧了大蛋糕来告别。

只是不见三个男女主角及编导。

"展云她们呢？"

"此刻在飞机上。"

"走了？"三和一呆。

"是呀，没同你说？"

"有有有，我一时想不起来。"

一直不停道别，怎会没有。

"闹了一朝，到了飞机场，展云发觉票子不对，她一定要乘头等舱，不然不上飞机，被她吵得没有办法，只得现买一张给她一个人，结果世琦抗议，索性跑到经济舱坐，星维陪她，编导两夫妇也跟他们，让展云一个人孤零零乘头等舱。"

三和喃喃道："最要好的朋友没他们亲厚，最坏的敌人没他们恶劣。"

有人轻轻说一句："宁养千军，莫养一戏。"

三和一呆，可见何展云不得人心。

众人静了一下，又笑起来，吃过蛋糕，正式告辞。

他们整齐地拔营离去，后园茶水档附近踏坏的草地也恢复原状。

终于，最后一个人告辞，关上门，荣三和的世界恢复寂静。

她举起双臂，打一个大大的哈欠。

原先还告诫自己：正式话别时切忌哭哭啼啼，没想到他们会骤然离去。

来的时候像电光，去时像幻影。

这时有人敲门。

三和惊喜，谁，谁来探望她？

原来是锁匠替她来换前后门锁。

真周到，他们什么都想到了，根本是，拍一部好戏，像成功描述某个人生片段，细节最重要。

接着，有人抬了一张三座位玫瑰红丝绒沙发进来。

三和吃一惊："你们走错地方了。"

谁用这样颜色的家具？鲜艳夺目，眼睛都花了。

搬运工人说："荣小姐？不会错。"

沙发背上粘着一只大信封，三和拆开，却是周小眉送来。

"三和：客厅无处可躺着说话，是一个遗憾，希望丝绒沙发会为你带来一个拥有好耳朵的伴侣，周监制敬赠，祈望笑纳。"

四只狗一见沙发，已经快乐地跃上，各自盘踞一个位置。

三和笑了。

总而言之，得比失多，已经是好事。

她窝进沙发里，忽然觉得疲倦，盹着了。

半明半灭中仍然像听到他们搬动机器、排练对白的声音，可是三和心里知道，他们已经走了，人去楼空，他们已到别处去玩。

醒来头一件事是喂狗，它们像小孩一般是大人的责任：你自己不吃，也得伺候它们的肚子。

黄昏，还有一丝阳光，三和想念她的旧邻居王老先生。

她伏在栏杆上看装修工人把水晶灯抬进屋里。

电话铃响。

是秘书打来："荣小姐，提醒你，明日上班。"

"明日？"

"是呵，荣小姐，假期过去了，明早八时半第三会议室见，荣小姐你旁听，无须发言。"

"是什么会议？"

"扩展校外课程，使更多有需要学子得益，荣小姐，明早见。"

电话挂断，三和发呆，走到楼上，把上班的衣服取出，她一向穿深蓝套装配白衬衫，衣服裁剪材料一流，款式无甚变化。

一眼看去，三和便觉不妥。

坏了。

裙头只得一点点，这么小，真穿得下？

立刻试穿，果然，腰身差两英寸扣不拢。

什么，一个月前松动合身的衣服，今日挤都挤不下。

三和这一惊非同小可，双眼瞪得像铜铃，额角上直冒出汗来。

她跑进浴室站上磅秤，一看，一百一十五磅！

她惨呼，放一个月假，重了十二磅，大了两个码，末日来临。

她怎么会如此大意，跟着戏班大吃大喝，到了公园，又不住买冰激凌果腹，放肆后果现在得由她自负。

三和不甘心，又试穿每一件旧衫，穿不下就是穿不下。

她颓然坐地上。

这一刻她浑忘一切旧时烦恼，立刻扑到街上，驾车去添置上班新衣。

相熟时装店服务员迎上来："荣小姐气色真好，咦，人也胖了。"

都说人除了怕穷，就数怕胖。

三和摸着自己的圆润下巴。

服务员一张嘴立刻知错，连忙将功赎罪："荣小姐丰满点好看，这边有新来套装。"

三和选了几套深蓝色，忽然看见有人试穿天蓝色及湖水绿上衣，她呆视，有顿悟。

店员取出米白色西服："荣小姐，试一试。"

三和一试，只觉惬意，立刻放弃深蓝。

"这边有配套的皮鞋手袋，荣小姐到这边。"

这样一个下午花掉荣宅出租整月作为拍摄场地的酬金。

厉害。

时装店派专人帮三和拎着十来个大袋上车。

回到家，三和见大门紧闭，反而意外，她几乎没扬声叫"世琦、展云"，可见短短时日，这班人对她有多大影响。

三和掏出新钥匙开门进屋。

她把新衣取出挂好，旧衣收进大塑料袋预备拿到救世军。

三和坐下来对四只大狗说："明早我要上班，你们待在家中，可别胡闹。"

四狗聆听。

"工作，知道吗？换取酬劳，支付账单，看到没有，这是本月电费单，盛惠一千一百六十五元。嘿，你若付不出这个数目，咔嚓，剪电线，任你才华盖世，仍然堕落黑暗世界。"

四狗呜呜。

"本来，你们可以到王先生家玩耍，他会照顾你们，可是王先生此刻已经不在人间，新邻居喜欢狗吗，我不知道，只得走一步看一步了。"

三和叹口气。

她自冰箱取出冰激凌丢到垃圾桶，一切恢复正常。

看看时辰，戏班应该抵达夏威夷有余，可是三和查过电话电邮传真，全无他们消息。

三和嗒然。

他们已经忘记她。

此时此刻，戏班已经找到新场地，正忙与新主人打交道，刹那间混得烂熟，称兄道弟，哪里还拨得出时间精力给旧人。

他们是过客，一下子嗒嗒的马蹄声去到老远。

最令人难过之处是荣三和完全明白。

第二天一早，她准备好狗粮，同大富大贵及大恩大德说："三天内一定找到保姆照顾你们。"

她换上新衣新鞋上班去。

耳畔犹似听到何展云娇俏地叫她："三和，三和，这边来。"

回到大学，她吸进一口气，走进会议室。

这才是她的世界，黑是黑，白是白，截然不同。

同事们转过头来，一见伊人，简直眼前一亮，只看到穿着淡色衣裳的荣三和浑身散发朝气，淡妆秀丽面孔露出可爱笑容，她身上再也找不到沉郁。

"这边，三和。"

"三和，你位置在这里。"

大家忙不迭欢迎她。

三和感慨地坐下，与他们做同事已有年余，有几人连名字都还叫不出来，他们是普通人，慢热，肯定再过十年，也不会搂着三和肩膀说话，但这才是三和的圈子。

她静静在会议室坐着听了一个上午。

从前，因为她明敏过人，开会时时稍微露出不耐烦的样子来，不过同事总以为那是心不在焉，往往原谅秀美的她。

这次三和全神贯注，并且提出几点重要建议，像收费细节需请教专业人士等，这些都是科学人员最容易忽视的行政问题。

散会后大家笑："幸亏三和记得要找会计师。"

"三和气色好极了，放假真有益处。"

三和回到实验室，工作正在等她。

她吸进一口气，静静坐下。

荣三和双眼发出专注晶光，她除却心中杂念，阅读实验报告。

下班时分，同事取来一具小小随身听："三和，这是耶鲁的最新纳米装置。"

三和一看便笑："还可以更小。"

"是，我们的设计比这个小。"

"没成事实之前不得扬声。"

同事也笑："是，叫他们在商业宣传广告上看到才大吃一惊，一蹶不振。"

三和与同事们仰起头齐齐狰狞地大笑起来。

普通人有普通人的乐趣。

可是三和实在想念世琦与展云的俏皮。

毫不讳言，还有星维靠近时三和自己加速的心跳。

同事抬头说："噫，六点了，我得回去照顾孩子功课，明天见。"

真是勤奋好妻子，办公室里优薪研究员，回到家中又是好母亲，张罗屋里一千几百样琐事，谁得到这个伴侣，三生修到，男人也讲命运。

三和忽然想到她家中也有四只狗。

她取过外套赶回家中。

一名中年女子在门口等她。

"荣小姐？我姓林，我是来见工的家务助理。"

"对不起，我迟到。"

"是我早了一点。"

三和一听这种婉约语气就喜欢。

她开门进屋，四只狗立刻迎上来。

三和说："我已对介绍所直言，我家有许多狗。"

林婶笑笑，轻轻呼啸一下，狗立刻看着她坐下，一看便知是个会家[1]，三和只觉幸运，她放下心来。

林婶说："我家一直养狗，我与它们还合得来。"

"那么，你即日上工吧。"

林婶笑了："好的。"

她立刻去洗手做咖啡给三和，又替狗换了饮水，放它们到花园。

屋里真静。

三和去看传真查电邮，没有，并无他们任何一人的片言只字。

三和轻轻吁出一口气。

林婶过来说："荣小姐可在家吃饭，我去买菜替你

---

[1] 会家：指行家，精通某种技艺的人。

做碗面。"

三和连忙给她零钱。

"门口有辆自行车，可以给我用吗？"

"你小心交通。"

三和钻进书房。

林婶很快回来，她手脚利落，做了晚餐，即时抹尘清洁。

她看见那年轻漂亮的东家呆呆坐在电脑屏幕前不动，闪耀的光芒映到她双瞳里去。

多么寂寞，一个女孩子，四只狗。

只见三和中间起来伸个懒腰，揉揉眼睛，又坐下来。

偶然狗走近，她搓搓它们背脊，又专注工作。

林婶心想：长得那么好看，又读那么多书，不过是寂寞深闺，做个贼死，这是干什么呢。

三和抬起头："林婶，你可以回去了。"

"我明日一早七时来。"

"拜托你。"

林婶走了之后，三和工作到深夜才淋浴休息。

床上除了她，还好似有别人在叽咕嬉笑。

三和怅惘，那样的好时光也会过去。

她睡着了。

第二天一早林婶已做了早餐。

三和翻阅报纸头条后去上班。

现在，她一天也说不了几句话。

下班回来，只见狗毛色松亮，显然洗过澡，三和深庆得人。

晚上，她一个人享受两菜一汤。

又一个月过去了，三和始终没收到过世琦他们任何消息。

真好，爽爽快快，一刀切结束关系，既然毫无前途可言，何必牵牵绊绊。

他们通情达理，是最佳情人。

邻居陆先生太太已经搬了进来。

三和偶然可以听见孩子练球声。

一日，陆太太造访。

三和离开书桌招呼她："还住得惯吗？"

"环境好极了，非常幽静，睡得很稳。"

三和微笑："那多好。"

"荣小姐，有一事请求。"

"陆太太不必客气，叫我三和得了。"

"三和，我儿家宝科学平均分只拿五六十，老师勒令进步。"

"多读几次不就行了。"

"唉，他基本道理不明，外子没时间教他，我又不懂。"

三和随口问："学到什么地方了？"

没想到陆太太立刻可以答出："牛顿三个定律。"

"呵，读到引力。"

"三和，你帮帮忙，每星期三下午抽一小时教他可好？"

"这——我不大有耐性，又从来没做过家教。"

"试一试。"

三和侧侧头："也好，我看看。"

陆太太笑逐颜开。

那好玩的小孩子来了，仍然老气横秋，却带错书本，以为补习公民。

"嗯，美索不达米亚平原、幼发拉底河及底格里斯河在公元前六千年起源的古文明。"

三和兴趣盎然。

摊开地图，三和说："呵，双子河流入地中海。"

陆家宝立刻指正："不，老师，这是波斯湾。"

三和汗颜，索性胡扯："那么，这里是香港，旁边是纽约。"

师生大笑起来。

屋里有了人气。

三和发觉家宝功课属甲级，根本无须补习，他母亲何故把他送来？

也许因他是独子，怕他寂寞，请人辅导。

三和随口问他几个问题，他均对答如流。

"为何历朝历代美索不达米亚战争不停？"

"因争夺资源，如肥沃土地及水源。"

"今日呢？"

"今日为着石油，但因由类同。"

"好，家宝，问你一个科学问题：物质除了固体液体与气体之外，还有其他形态吗？"

家宝答："老师还没有教到，但是我知道还有等离子态，即气体的电离化：当气体的温度升到几千摄氏度时，气体原子抛却电子，带负电的电子四处游逛，原子也成为带正电的离子。"

"哗。"

家宝笑起来："我对物理很有兴趣。"

"这种知识你从何处得来？"

"我小舅舅教我。"

"家宝你真好福气。"

"小舅舅什么都会，他教我全套中英数理化，小时老师不喜欢我，因我五岁还不会说话，爸妈都觉得我笨，可是小舅耐心陪我，教我背唐诗。"

三和笑问："你为什么不开口讲话？"

"我心中有数，只是讲不出口，所以脾气变坏。"

"可怜的小灵魂。"

"现在好了，爸妈时时叫我话不要太多。"

大富大贵走过来。

"妈妈说你也喜欢狗。"

"还有谁喜欢狗？"

"小舅舅也养狗。"

三和脱口问："你的小舅舅多大？"

"小舅舅二十八岁，他是一名兽医，最近去了爱尔兰工作，一个多月才回来，我真想念他，天天与他通电邮。"

三和说："有个好朋友真难得，来，我们读埃及文明：为什么说埃及是尼罗河的礼物？"

陆家宝又滔滔不绝回应。

这孩子此刻不但能说，而且非常健谈。

两家因为家宝缘故，来往得比较密切，星期天三和应邀到陆家喝下午茶，屋子重新装修过了，已不容易想起王老先生，三和有点怅惘。

陆先生是个好人，在政府任职，升得很高了，但是没有架子。

与陆家三口在一起，不用伤脑筋，可完全松弛，十分舒服。

一日陆太太同丈夫说："三和真的孤寡，不见一个朋友上门。"

陆先生说："这般洁身自爱的年轻女子何处去找，真正难得。"

"我也这么想，我最怕女人袒胸露背，门庭若市。"

陆先生笑："谁说社会风气已经开放，听听你这口气。"

"奇怪，三和并非孤芳自赏、恃才傲物那种人，为什么没有男伴？"

三和当然不知道邻居正在谈论她。

她打开报纸读娱乐版头条："杨世琦新作即将上演，

文艺片可会有卖座奇迹？一般并不看好。"接着是最新剧照披露，经电脑修改，照片中的世琦美若天仙。

另一版是展云的泳装照，她头上戴着棕榈叶冠冕，耳边配着大红花，站瀑布下，宛如林中精灵。

但是三和知道，她们都是真人。

故此她们拥有真人烦恼。

呵，世琦你别来无恙吧，你的感情生活如何，是否仍然一片空白。

还有展云，不知她生父可有再去烦她，身世的苦楚，会否在夜间悄悄潜入梦魂作祟。

再掀过一张，是星维穿白衣白裤站在火山边，暗红色熔岩，好比他炽热的心，但是他们发誓不会彼此相爱，故此演出潇洒。

三和轻轻放下报纸。

她的生活渐渐趋于正常，心波遭石子激荡过后的涟漪缓缓平复，心湖恢复镜子般光滑。

但是她添增的十二磅体重，始终减不回去，无论如何节食，磅针指着——五动也不动，真骇人。

三和已许久不敢吃冰激凌。

一日，三和与家宝在门口聊天，陆太太忽然出来叫："家宝，小舅舅寄照片来，三和，你也来看。"

他们连忙打开电邮，谁知陆太太取来真的邮寄照片，大家都笑了，立刻把包裹拆开。

是一沓风景照片，拍摄出爱尔兰灰蓝天空及碧绿草原，红发绿眼雪肤的少女，以及各式酒馆招牌：皇帝头、红狮、黑鸦、龙狮兽……美不胜收。

照片水准高得可以收入旅游册子中。

三和在陆家消磨整个下午。

家宝问些很奇怪的问题，像："为什么爱尔兰人有那样漂亮的眼睛？"

三和答："空气清新，眼睛安全，还有，他们不会死读书变近视。"

他们笑成一堆。

事后陆太太说："三和像是在等一个人。"

"谁？"

"她心中有数。"

陆先生看着妻子："老伴，你故意与人亲厚，又差家宝去串门，心中有企图吧？"

"我不是奸人。"

"你是想介绍令弟给她吧？"

陆家宝在一边听见了便说："妈妈的令弟，即是我舅舅，对，他们很相称。"

陆太太笑得合不拢嘴："你知道什么。"

陆先生说："的确是好主意，荣三和品格纯静，又有正常职业，喜欢动物，年纪相配……就看有无缘分了。"

"我也这么想。"

"令弟几时回来？"

"本月中。"

"他也真怪，爱尔兰海岸油船沉没，漏油，他一听鸟类及海洋生物受害，立刻丢下工作赶了去拯救，整月不返，如此热衷，不知人家可会接受？"

"你少批评我兄弟。"

"是是，我不该对你娘家人有任何意见。"

陆家宝抬着头想了想说："他们会喜欢对方，他们可以对着下棋，整个下午不说一句话。"

陆氏夫妇大笑。

好像计划已经成功。

接着寄来的一批照片，是拯救人员在岸边石滩帮海鸥洗净油污情况，逐只做，不嫌倦，他们身上与海鸥一般肮脏。

陆太太试探问："三和，你不觉得这帮人傻气？"

三和答："每样生物在地球上都有位置，应当爱护。"

陆太太完全放心，难得世上有一对傻子。

"三和，他回来时，我介绍他给你认识可好？"

三和答："好呀。"

"你不反对？"

"多一个朋友求之不得。"三和不卑不亢。

陆太太只得说："我们希望你俩合得来。"

陆家宝又来加把嘴:"小舅舅至英俊不过。"

三和只希望她家人也会这样努力推销她。

她笑了起来:"多谢你们美意。"

三和没把这件事放心上。

过了两日,家宝来补习,他们一起做科学实验,三和说:"物质的惰性……"她笑了,"人的惰性才最显著。"

家宝忽然说:"关于小舅舅——"

三和微笑,这家人真努力促销。

"有一件事妈妈没说呢。"他鼓起勇气。

三和随口问:"那是什么事?"

"小舅脾性有点孤僻,一直没有女朋友,是因为他少了一条腿。"

三和抬起头:"啊。"

"一次交通意外,为着救护母亲与我,他用身体挡住一辆司机醉酒驾驶的车子,结果身受重伤,住院整月,医生都无法救治他的左腿,结果需自膝盖以下截肢。"

"几时的事？"

"六年了。"

"那也不影响他做一个成功的好人，是不是？"

家宝总算露出一丝笑容："你说得对。"

"让我们来做一项科学实验：用两个鸡蛋，一生一熟——"

"荣老师，你会不会介意男朋友少了一条腿？"

"呜，这个问题不好答，那要看他整个人怎么样：我们谈得来吗，他可会爱护我，他是否一个正直儒雅智慧的人，他心中可打算组织家庭……说到这里，我又不介意他是否有三只脚了。"

家宝笑着点头："荣老师说得对。"

"请专心功课。"

第二天，三和回到实验室，发觉办公桌上放着两张大红喜帖。

三和扬声："单是我有，还是人人都有？"

同事走过来："人人都有。"

"谁办喜事？"

"两位同事。"

三和取起信封看，读出两个当事人名字，不禁发呆。

"有趣可是？"

三和却笑不出来。

"一个是你旧情人，另一个，曾视你为梦中情人，都要结婚去了。"

三和把大红帖子轻轻放下。

"易泰在本市结婚，新娘叫岑仲媚，你可听过这个名字？她并非导致你们分手的那个第三者。"

三和一句话也说不出来。

这么快，像做戏一般。

"但是你听过热心公益的岑家裕议员吧，这岑仲媚是他的长女。"

三和仍然不出声。

"我不认为你会出席。"

三和低下头，看着另一张请帖。

"这个欧阳更神奇，我们只知道他的新娘是犹太人，家里做珠宝生意，他将入犹太教兼美籍，索性不回来了。"

三和脑筋一时转不过来，这人在短短几个星期内做出人生几个最重大的决定，真正不可思议，同事们全小觑了他。

"好了，三和，他们都有了归宿，你呢？"

三和抬起头："你们打算送什么礼？无论怎样，我也加入一份。"

"我们打算送礼券，每人一千。"

三和肉痛地叫起来："哗，不出席都要一千。"

同事看着她："荣三和，你也是一条好汉，你也恢复得快。"

三和淡淡说："不敢当。"

她立即数贺礼给同事去办事。

同事一走出房间，三和的面孔立刻挂了下来。

她坐下来叹息。

好像真的一个时代已经结束，新纪元宣告开始。

是谁帮荣三和渡过难关，是谁救了她？是幻影公司那帮可爱的工作人员吧。

不然，失恋的她沮丧地关在一间小屋之内，抑郁闭塞，会失意至死。

幸亏走进来一群漂亮活泼机灵聪敏的人，每日二十四小时陪足她一个月，天天吃喝说笑厮磨，使荣三和打开了心扉里智慧之门，放开怀抱。

三和想起来，比任何时间都感激幻影公司。

她把大红信封扔到一旁。

祝他们幸福？不必了，何用虚伪，他们的选择，他们一定会快乐，何劳旁人祝贺。

一切已与她无关，她有自己的生活需要努力。

回到家里，家宝在后园另一头叫她："老师过来吃面。"

"谁生日？"

"小舅舅。"

三和好奇："他人呢，回来没有？"

"还没有。"

三和走过去："吃了面，该送什么礼物？"

陆太太笑着探头出来："你别客气，过来吃碗糖面，做人最要紧是甜甜蜜蜜。"

陆太太盛出小小一碗银丝面，只得两口，香滑可口，吃完了，还有薄片火腿熏鸡肉送口。

三和说："我祝寿星公身体健康，心想事成。"

陆太太说："我希望他早日成家。"

家宝说："祝小舅快乐。"

这人虽然少了一条腿，仍不失为一个幸运的人。

家人如此爱他，还想怎样，胜过名成利就多多。

就在这个时候，陆家宝忽然侧起耳朵，像是在聆听什么。

他母亲问他："怎么了？"

家宝说："仿佛是小舅舅的车子。"

"怎么会，他隔两天才回来。"

家宝点头："我听错了。"

三和拍拍那小孩的肩膀。

就在这个时候，忽然传来犬吠声。

家宝欢呼一声，奔着出去。

接着，三和听到她家里四只大狗也扰攘起来，像是回应犬友。

陆太太喜滋滋："莫非真是他提早回来了。"

三和笑着跟出去到门口看视。

只见一辆吉普车停在不远之处，家宝已过去与司机说话。

三和正在张望，一只大丹狗已经奔过来与她招呼。

她说："哎呀，我认得你。"

她伸手去搓大丹狗的头毛。

电光石火间，三和将一与一加在一起，得到了答案。

她认识这只大丹狗，也知道狗主是文昌，那么，车上司机，必定是家宝的小舅，即是她某次失约的文昌了？

她不相信有这样好运，三和缓缓走近吉普车，看到了司机面孔。

她轻轻说："你好。"

他也笑笑："荣老师你好。"懂得叫她荣老师，一定
早已知道她会在这里出现。

"欢迎你回家。"

"我姐夫一家是你邻居了。"

他下车来，家宝像只小猢狲般挂在他肩上。

陆太太迎上来："阿昌，生日快乐。"

三和回家拿了两瓶香槟到陆家庆祝。

文昌晒得棕黑，有点累，却一直耐心回答家宝诸多
问题。

终于，两舅甥在花园绳床上拥成一堆睡熟。

陆太太同三和说："你别见笑。"

三和摇摇头。

"你觉得舍弟怎样？"

三和忽然笑了。

陆先生咳嗽一声："三和，请进来吃水果。"

三和见有石榴，十分高兴，掰了一半，用小刀子逐

粒籽整整齐齐挑出来吃。

陆先生低声对妻子说："老伴，欲速则不达。"

陆太太答："是，是。"

三和过来说："我先回去，待会儿如果有时间，我想请大家吃晚饭。"

陆太太霍地站起来："七时整，一起会合，我们会过去按铃。"

三和笑着点头。

陆先生嘀咕："同你说不要太热衷。"

陆太太反驳："你简直逢妻必反。"

三和回到自己家，发觉文昌的大丹狗在她花园与大富大贵大恩大德它们追逐玩耍。

三和躺在红丝绒沙发上睡着。

这张摩洛哥卧榻型长沙发不知是否附送绮梦，三和每次盹着都做着迷惘好梦。

这次她看到自己站在宽大的草地一角看人家举行婚礼，新娘子穿着美丽的白色长缎裙走出来，头上罩着白纱，看不清脸容。

新娘快乐吗？在兴奋与劳碌中也很难分辨得出，三和知道婚礼不同婚姻。

她本身对劳民伤财的盛大婚礼并无兴趣，有些女子却觉得铺张可能也代表幸福，连亲友穿什么衣裳鞋子都有意见。

三和看着新娘微微笑。

忽然，新娘朝三和方向看来，伸手掀开面纱。

三和目瞪口呆，她看到了自己。

她踏前一步，这时脚底不知绊到什么，跌倒在草地上。

她醒了，原来已从沙发滚到地上。

刚才做的梦历历在目。

她呆了半晌，新娘是她？不不，可能是杨世琦，世琦与她长得很相像。

看看时间，已经六点半。

她连忙淋浴更衣。

许久没有约会，晚装不称身，三和只得换上便服，加条薄披肩。

幸亏秀丽的荣三和无论穿什么仍然是个可人儿。

陆家宝准时来敲门。

三和把手绕到家宝臂弯，他家人看到了都笑。

五个人坐一辆吉普车，座位宽敞，十分舒服。

一路上三和没有说话，这是用耳朵的时候。

陆先生问："三和这名字特别，有什么含义？"

陆太太代答："天时地利人和，缺一不可。"

"这是真的。"

文昌问："家宝功课如何？"

家宝答："老师教得很好，我俩同样是《国家地理》杂志迷。"

文昌看三和一眼："别忘记'国家'二字是美国，杂志时时配合国策宣传大美主义。"

陆太太笑："这倒罢了，读者懂得筛选，最惨的是它一直坚持人类由猿猴进化而来。"

家宝笑："妈妈每次看到都喊：'它们是你的祖宗，我们由上帝创造！'"

三和见他们一家如此有趣，笑得弯腰。

到了饭店，原来陆太太已订了小小房间，大家自由坐下，三和在家宝身边，文昌坐对面。

菜式丰富但清淡，可以吃很多。

席中三和用橡筋与手指表演小魔术，家宝学着做，文昌更发明许多变化，三人都没有说话，但他们精神融洽，是那么和谐，陆太太忽然感动，泪盈于睫。

那天晚上，陆太太在更衣之际同丈夫说："这一对可走不脱了。"

陆先生点点头："天生一对。"

"怎么交代文昌的事？"

陆先生不以为意："他又不是不能人道。"

"啐。"

"像三和那般豁达女子，才不会计较。"

"总得说个明白。"

274

房门外有小小声音："我已告诉老师。"

陆太太连忙紧张地把家宝拉进房内："是晚饭前还是晚饭后？"

"早一天已经告诉她。"

"她反应如何？"

"老师说，只要他是适合她的好人，三只脚也没关系。"

陆太太听见这话，掩面痛哭起来。

三个月后，文昌与荣三和便订婚了。

三和父母特地回来与未来亲戚吃了一顿饭，放下丰富礼物，又各奔前程。

陆先生同妻子说起三和的父母："不但相貌好，也十分和气，毫不骄矜，衣着首饰名贵大方，绝不过分，看得出痛惜尊重女儿，但是两个人却水火不容，正眼也不看对方，一句对白也无，唉。"

"其实三和蛮可怜。"

"是大人了，也无所谓，很快有自己的家庭。"

"有无说要几个孩子？"

"听家宝说，好像打算立刻生养，起码三名。"

陆太太听见这话，仰天狂笑起来。

夏季，三和与文昌举行简单婚礼。

陆氏夫妇有意见。

"三和，为什么不请客吃喜酒，亲友不介意送礼。"

三和手臂紧紧绕着文昌，头靠在他肩膀上，但笑不语。

文昌握着新婚妻子的手："太过喧哗了。"

"结婚照片总得补拍。"

陆太太还想说什么，已被丈夫用眼色止住。

"他们快乐就好。"

家宝最开心，忽然有两个补习老师，各教三科，他管数理化，她管中英法，家宝功课肯定会名列前茅。

婚后三和仍然上班。

同事感慨地说："各自又找到伴侣，旧欢如梦，像没有发生过一般。"

三和转过头来："你说什么？"

"没什么，下星期到纽约开会呢。"

"嗳，真得准备一下。"

"这个时候去纽约——"

三和笑吟吟："你同我放心，先注死，后注生，三百年前订婚姻。"

同事也笑："谁说的，你太外婆？"

三和向丈夫告假。

"我陪你去。"

三和受宠若惊："我做事从来没有人陪。"

"现在你有了。"

一路上三和不相信自己的好运，原来被人照顾是如此惬意的一件事，原先出门，三和得自己张罗一切，独身女子，非得处处留神不可，火眼金睛盯着行李、护照、登机牌，全程紧张，最怕邻座还有登徒子挤着搭讪。

这次有文昌在身边，什么都不用理，拉着他的手即可，出差变得像度蜜月一般。

他们并不多话，也不特别亲热，可是任何人都看出两个人是新婚夫妇：簇新结婚戒指，眷恋神情……总得一年之后才会淡却。

会议只得两日，他们总共逗留四天，在大都会美术馆漫游整日。下午坐在东方文物馆比较谁盗窃得更多：大英抑或大美，可是也同时惨痛承认，真难得他们这样尊重贼赃，多年来保养供奉得不遗余力。

感慨完毕二人到处找新鲜地方喂肚子，三和从来没有玩得这样高兴。

晚上，丈夫是不用回家的男友，不怕，明早他仍然会在这里，在可见的将来，后天、大后天，照旧陪着她。

三和愉快地叹一口气。

她有点不舍得走。

文昌答允她随时可以再来。

他补一句："你不要失约就可。"

"那次真对不起。"

"我已原谅你。"

"我想不，你重新又提起，证明心中有事。"

"我也不好，没告诉你即将出差。"

"文昌，文昌，不要紧，我们已经结婚，记得吗？"

两个人相拥而笑。

要回家了。

行李搬到酒店大堂，文昌去办退房手续，三和坐在大沙发里看风景，只见力夫推着七八个一式名贵行李箱子经过，煞是好看。

接着，一个穿大圆裙小衬衫的东方可人儿轻轻走近，她雪白的脸没化妆，只搽着鲜艳口红，梳一条马尾巴，架墨镜。

三和认得这名美女。

她轻轻站起，忍不住喊出来："世琦！"

那女郎听见有人叫她名字，不禁看过来。

三和走过去："世琦，是我。"

杨世琦摘下墨镜，笑容满面，看着荣三和。

"世琦，是三和呀。"

三和从她那陌生眼神里知道，杨世琦完全不记得她这个人了，一丝印象不留。

三和尴尬怔住。

呵，面对面都不认得。

这时，杨世琦的助手紧张地追来："世琦，什么事，这是谁？"

世琦仍然笑着转过头去："房间订好没有？"

助手点点头："可以上楼了。"

又看荣三和一眼，笑笑说："这个影迷，与你有三分相似。"

助手拉着杨世琦一阵风似的走远。

留下三和一个人呆呆站着。

这时文昌过来："车子在等。"

三和伸手紧紧圈住丈夫强壮手臂，转过头去，刚来得及看见杨世琦与她那整套名贵行李进入电梯。

电梯门夹住她的大篷裙一角，又弹开来，只见世琦笑得一朵花似的，电梯门又重新关上，她上楼去了。

文昌问："那是谁？"

三和不出声。

"是你朋友？可需打个招呼？"

三和轻轻答："她刚到，我们却要走了，时间上完全不配合。"

"下次吧。"

"是，"三和答，"下次吧。"

一路上感觉良好，三和不觉得有什么不妥。

若干年前她听过一个这样的故事：某先生在贵宾厅吃饭，有一个朋友进去招呼，同那男子说："你的前妻也在外头。"那男人忙出外巡了一遍回来，茫然答："在哪里？我没看见。"那前妻就坐在门口，他已不认得她。

那时三和只有十八九岁，只觉大人无稽无情，竟把这种事残忍凉薄地当笑话来讲，现在她明白了，原来这不过是人之常情。

也许，下一步，在飞机场大堂，荣三和会碰见易泰，他就坐在他对面，而她亦不会把他认出来，她一定需要忘记。事事都记在脑海，脑袋一日会炸开死亡。

三和把头靠在文昌肩上。

到了飞机场，行李送进闸口，文昌去买咖啡。

回来时说："我找到中文报纸。"

三日不读中文报浑身不舒服，三和说声谢，贪婪地打开报纸。

头版电影广告跃入眼帘：《这样的爱》！

噫，影片终于上映了。

斗大的字："杨世琦、何展云、王星维倾力合演，朱天乐导演苏冬虹编剧，空前文艺巨制。"

三个主角都有那样充满灵魂的美丽眼睛，凝视读者，叫人不能掩卷。

文昌过来张望："咦，电影广告。"

三和轻轻问："文昌，你看看，这个女演员可像我？"

文昌把报纸拿过去，仔细地看一遍，笑问："有人说像吗？"

“你说呢？”

“一点也不像。”

“啊。”

“你是真人，而且气质清丽得多。”

他轻轻折好报纸，放一旁。

三和微笑：“我也不觉得像，人家是那样漂亮。”

这时，服务员朝他们招手，他俩高高兴兴挽着手臂上飞机去。

**图书在版编目（CIP）数据**

电光幻影 /（加）亦舒著 . —长沙：湖南文艺出版社，2019.9
ISBN 978-7-5404-9244-1

Ⅰ . ①电… Ⅱ . ①亦… Ⅲ . ①长篇小说—加拿大—现代 Ⅳ . ① I711.45

中国版本图书馆 CIP 数据核字（2019）第 095759 号

上架建议：畅销·小说

**DIANGUANG HUANYING**
**电光幻影**

作　　者：［加］亦舒
出 版 人：曾赛丰
责任编辑：薛　健　刘诗哲
监　　制：毛闽峰　李　娜
特约策划：李　颖　沈可成　雷清清　张若琳
特约编辑：周子琦
特约营销：吴　思　刘　珣　焦亚楠
封面设计：利　锐
版式设计：李　洁
出　　版：湖南文艺出版社
　　　　　（长沙市雨花区东二环一段 508 号　邮编：410014）
网　　址：www.hnwy.net
印　　刷：北京中科印刷有限公司
经　　销：新华书店
开　　本：775mm×1120mm　1/32
字　　数：118 千字
印　　张：9
版　　次：2019 年 9 月第 1 版
印　　次：2019 年 9 月第 1 次印刷
书　　号：ISBN 978-7-5404-9244-1
定　　价：49.80 元

若有质量问题，请致电质量监督电话：010-59096394
团购电话：010-59320018